FRANK GÒHRE

HARTER FALL

KRIMINALROMAN

Originalausgabe

Gärtnerstraße 122, 20253 Hamburg
Tel. +49 40 31 10 80 81
info@culturbooks.de
www.culturbooks.de

Redaktion: Jan Karsten
Herstellung: Klaus Schöffner
Satz: Dörte Karsten
Umschlaggestaltung: Cordula Schmidt Design, Hamburg
Druck und Bindung: CPI – Clausen & Bosse, Leck
Printed in Germany
1. Auflage 2023
ISBN 978-3-95988-191-3

PERSONEN

Jan	Abiturient
Ulrike	Studentin
Monika und Nicolas Böhm	Jans und Ulrikes Eltern
Torsten	Abiturient
Franziska und Carl Steffens	Torstens Eltern
Peter	Kfz-Mechaniker
Bonnie	Wirtschafter
Elvis	Lokalbesitzer
Der Hesse	Peepshow-Betreiber
Gigi	Pizza-Service-Inhaber
Karate-Kalle	Sportstudio-Betreiber
Ingo	Jungsozialist
Kügel	Ingos Mentor
Kirsten	eine junge Dänin
Hinnerk	Ermittler
»The Harder They Come«	Kultfilm

»The Harder They Come«

Ein jamaikanischer Kinofilm des Regisseurs Perry Henzell aus dem Jahr 1972. Ein Kultfilm mit dem Reggae-Star Jimmy Cliff, der vor allem in den Spätvorstellungen der Großstadtkinos gezeigt wurde. Die bei Jugendlichen unterschiedlichster Schichten sehr beliebten Vorstellungen begannen meist gegen Mitternacht. Durch das Zusammentreffen von Kinobesuchern in den nächtlichen »Palästen der Träume« bildete sich eine cineastische Szene, deren kulturelle und intellektuelle Aussagen als Gegenentwurf zum Leben der Elterngeneration und der sogenannten kulturellen Elite sowie zum Mainstream zu verstehen war.

EINS

Aber so sprach Jah
ich werde gehen und euch einen Platz vorbereiten
denn wo ich bin, da sollt ihr bleiben
so sprach Jah
Ein Rasta in den Bergen Jamaikas

1 »The Harder They Come«

Der Film: Die Küste, der Palmenwald, ein rot-weißer Bus auf der Straße entlang am Meer, Sonne und Strand, und die ersten Takte des Songs ertönen ... »the harder they com ...« Der Bus, voll besetzt und mit Kisten und sonst was beladen, fährt durch eine Ortschaft, fährt auf einer schmalen, kurvenreichen Straße einen dicht bewaldeten Hang hinab. Ein Laster kommt dem Bus entgegen, es ist kein Ausweichen möglich, beide Fahrzeuge werden knapp vor einem Zusammenstoß abgebremst ... »but between the day you're born and when you die, they never seem to hear even your cry«, singt Jimmy Cliff.

Er kommt aus den Bergen Jamaikas mit dem Bus nach Kingston. Er kommt in die Stadt.

Es ist eine lärmende, eine pulsierende, eine große Stadt.

Überall ist der Reggae zu hören.

Wabernde Rhythmen in Endlosschleife.

Dominosteine werden auf Holztische geknallt.

Billardkugeln klacken aneinander.

Gras wird geraucht. Ganja, Ganja.

Kiff, Kiff.

Jimmy lacht.

Er lacht ein breites Lachen aus dem Rückfenster des Busses heraus. Das Leben beginnt. Ein neues Leben.

Sein neues Leben.

2 Dänemark, Herbst 1978: Sie schlich in der Morgendämmerung aus dem Haus. Nebel hing über dem flachen Land, es war kühl. Sie ruckelte ihren Rucksack zurecht und marschierte los. Sie marschierte quer durch den Ort bis zum Kreisverkehr. An der Ausfahrt in Richtung Süden stellte sie sich auf.

Sie musste nicht lange warten.

Der Fischhändler stoppte seinen Lieferwagen und ließ sie einsteigen.

»Ich will meinen Freund besuchen«, sagte sie. »Er lebt in Flensburg.« Es gab für sie keinen Grund, daraus ein Geheimnis zu machen. Auf dem Zettel für ihre Mutter, den sie an die Kaffeemaschine gelehnt hatte, stand nicht viel mehr.

Sie hieß Kirsten Poulsen, und sie war siebzehn. Sie war das einzige Kind einer ledigen Mutter. Über ihren leiblichen Vater bekam sie nur zu hören, dass er sich irgendwo in Europa herumtrieb und gelegentlich als Gärtner oder Bademeister arbeitete.

Kirsten hatte den schon voll entwickelten Körper einer jungen Frau, ihr Gesicht aber war das eines Kindes. Aus ihren großen blauen Augen blickte sie in eine Welt, die ihr weitgehend fremd und unheimlich erschien.

Dennoch aber war sie von zu Hause aufgebrochen.

Sie war verliebt. Sie war verliebt in Rainer.

Sie nestelte an ihrer dünnen Halskette mit dem dunkelgrünen Plastikring. Das Zeichen ihrer Liebe.

Rainer hatte mit seinen Eltern die Sommerferien in einem der von ihrer Mutter betreuten Häuser am Meer verbracht, und sie hatte sich jeden Tag heimlich mit ihm getroffen.

»Flensburg?« Da wirst du 'ne Zeit für brauchen«, sagte der Fischhändler und klemmte sich eine Zigarette zwischen die Lippen. »Ich fahre nur bis Esbjerg.«

»Das ist ja schon ganz schön weit«, sagte Kirsten.

Der Fischhändler sagte nichts dazu. Bis Esbjerg waren es achtzig Kilometer. Er rauchte. Kirsten mochte den Rauch nicht und schloss die Augen. Ihr entging, wie der Frühnebel sich lichtete und eine blasse Sonne sichtbar wurde. In Esbjerg musste sie geweckt werden.

»Ich hab mir gedacht, am besten nimmst du den Zug«, sagte der Fischhändler. Er wies auf das alte Bahnhofsgebäude. »Dann bist du in zwei Stunden bei deinem Freund.«

»Danke«, sagte Kirsten. »Danke, aber das Geld möchte ich lieber sparen.«

»Hmm. – Es ist aber sicherer.« Der Fischhändler dachte einen Moment lang nach. Dann klappte er seine lederne Geldbörse auf und hielt Kirsten lächelnd einen Zweihundertkronenschein hin.

»Das kann ich nicht annehmen«, sagte Kirsten.

»Kannst du. – Sonst werde ich euch keinen Fisch mehr verkaufen.« Er lächelte sie an und drückte ihr den Schein in die Hand.

»Deutschland ist brandgefährlich«, sagte der Mann, der Kirsten im Zugabteil gegenübersaß. Er hatte sein »Ekstra Bladet« aus der Hand gelegt und sich zu Kirsten vorgebeugt. Sie hatte das Gefühl, dass er sie strafend ansah. »Da sind längst noch nicht alle Terroristen hinter Gittern. Die legen Bomben und morden weiter. Die scheuen vor nichts zurück.«

»Nun machen Sie dem Mädchen doch nicht solche Angst«, sagte die an der Abteiltür sitzende junge Frau. Sie trug einen Norwegerpullover, Jeans und Wildlederstiefel mit Schnüren und Fransen. »Ich habe regelmäßig ein paar Tage in Flensburg zu tun und bin kein bisschen beunruhigt.«

»Flensburg.« Der Zeitungsleser schnaubte verächtlich.

Die junge Frau bot Kirsten ein Käsebrot an.

Bevor der Zug Kolding erreichte, wurde für alle nach Deutschland Weiterreisenden eine Passkontrolle angekündigt.

Kirstens Herz pochte heftig. Schlagartig wurde ihr klar, dass man sie aufgrund ihres Alters erst einmal festhalten und dann nach Hause zurückschicken würde. Doch das durfte nicht sein. Sie sah Rainer vor sich. Sein schönes Gesicht, seine graugrün glitzernden Augen. Sein lachender Mund.

Er war so lieb. Er war so klug. Rainer. Ihr Rainer aus Flensburg. Sie sehnte sich so sehr nach ihm.

Er breitete die Arme aus und drückte sie an sich.

Er küsste sie. Ihr wurde schwindelig vor Glück.

Aber sie musste was tun. Einen Weg finden.

Den Weg über die Grenze zu ihm.

3 Norddeutschland. Jahreswechsel 1978/79: Es waren ungewöhnlich milde Weihnachtstage mit fast schon frühlingshaften Temperaturen, aber Jan blieb weitgehend im Haus. Er büffelte für das Abi. Er war ehrgeizig. Wie immer, wie bei allem.

Jan war ein schlanker, sportlicher Typ mit blonden glatten Haaren und einem offenen Gesicht. Er trug in diesen Tagen eine ausgebleichte Jeans, ein gelbes Sweatshirt mit »California«-Aufdruck und Fellschlappen.

Jan machte sich Notizen für eine Interpretation von Hermann Hesses »Der Steppenwolf«, trank Tee und rauchte stündlich eine Selbstgedrehte.

Es war ein altes Fachwerkhaus in Klein Gaddau, einem Rundlingsdorf im Wendland mit knapp hundert Einwohnern. Jans Eltern hatten das Haus vor einigen Jahren preisgünstig erworben und es gemeinsam mit Freunden nach und nach renoviert und ausgebaut. Inzwischen war es neben der Hamburger Etagenwohnung in Harvestehude der offizielle Zweitwohnsitz des Ehepaars Monika und Nicolas Böhm. Jan und seine vier Jahre ältere Schwester Ulrike hatten unterm Dach ihre eigenen Zimmer.

Am Morgen des Siebenundzwanzigsten packte Nicolas Böhm seine Manuskripte und den Stapel neuer LPs zusammen, um für ein paar Tage nach Hamburg zum NDR zu fahren. Er war als Jugendfunk-Redakteur und Moderator unter anderem auch für die Musiksendung »Der Club« zuständig.

Beim Frühstück blätterte Jan die Alben durch und zog eins heraus.

»Kann ich die erst noch hören?«, fragte er.
»Welche ist das?«
»Public Image«, sagte Jan.
»Tut mir leid, aber da hat der Kollege für heute 'nen Text zu geschrieben. – Wie kommst du auf die Gruppe? Die ist so gut wie unbekannt.«
»Mir nicht.«
Sein Vater hob überrascht die Augenbrauen.
»Ich bring sie dir am Wochenende wieder mit«, sagte er. »Ich sollte stolz auf dich sein.«
»Kannst du auch.«
Ulrike nippte an ihrem O-Saft. Für Jan war deutlich erkennbar, dass sie sich in der Nacht mit Gras oder sonst was zugedröhnt hatte. Sie war noch im Dschum.
»Das hat er von mir«, sagte sie zum Vater.
Jan verdrehte die Augen.
»Musst du nicht auch zurück?«
»Ich werd später abgeholt«, sagte sie und trat mit dem Glas ans Fenster. »Von Ingo. – Das Wetter geht mir echt auf'n Geist. Das ist doch nicht normal.«
Mutter Monica räumte wortlos den Tisch ab.

Ingo.
Ingo war Ulrikes ehemaliger Mitschüler, ein dicklicher Typ mit extrem dünnem Haar. Er studierte Jura und war Asta-Vorsitzender. Bei den Jusos war er einer der Wortführer des rechten Flügels und hatte einen wöchentlichen Zwölf-Stunden-Bürojob bei seinem Mentor Helmut Kügel, dem SPD-Kreisvorsitzenden Hamburg-Mitte. Regelmäßig besuchte er einen in Dannenberg lebenden Bildhauer mit NS-Vergangenheit: »Der hat ganz vernünftige Ansichten, das ist ein Guter.«

Ingo-Arschloch für Jan. Ein Schleimer.
Ein Fehlgeleiteter für Jans Vater.
Für Ulrike: keine Ahnung.

Am nächsten Tag gab es einen Temperatursturz. Es begann zu schneien. Innerhalb weniger Stunden versank ganz Norddeutschland im Schnee. Es schneite mehrere Tage. Es schneite ununterbrochen. Es stürmte.

In Klein Gaddau reichten die Schneewehen bis hoch über die Türen und Fenster der Fachwerkhäuser. Es gab keinen Strom und keine Telefonverbindung. Jan und seine Mutter Monica waren wie alle Dorfbewohner von der Außenwelt abgeschnitten. Sie ernährten sich von Dosensuppen und Ravioli, die sie auf dem Camping-Kocher erhitzten. Wie auch das Wasser für Tee, Reis und Spaghetti. Sie kamen damit zurecht. Jan rauchte die Kyriazi Finas, die seine Mutter keineswegs unkompliziert aus der Türkei besorgt und dem Vater zu Weihnachten geschenkt hatte.

Jan liebte seine Mutter nahezu abgöttisch. In seinen Augen war sie die schönste und klügste Frau überhaupt. Sie war als Übersetzerin aus dem Schwedischen tätig, für Verlage und Firmen, war sehr gefragt.

Schnee und Eis forderten in den nächsten Wochen zahlreiche Todesopfer. Mindestens zwölf Menschen starben in der Region.

In Hamburg-Winterhude wurde in der Holzhütte auf dem Spielplatz des Kinderhauses Grasweg die nur leicht bekleidete Leiche eines jungen Mädchens entdeckt. Die

Tote hatte eine schwere Kopfverletzung, die auf einen Schlag mit einem Kantholz oder Ähnlichem hinwies. Totschlag oder auch Mord also. Es fand sich aber nichts bei ihr, was auf ihre Identität hinwies. Niemandem der befragten Anwohner war sie bekannt.

4 Hinnerk warf noch einmal einen Blick auf das Foto, bevor er den knapp formulierten Bericht über das Auffinden der jungen Frau ablegte und sein Büro im vierten Stock des Präsidiums am Berliner Tor verließ.

Er hasste den Winter. Er hasste diesen Winter. Er hasste jeden Winter. Die Monate rochen nach Tod.

Hinnerk nahm den Fahrstuhl. Er zog seinen Jagdhut mit Feder tief in die Stirn und ging über den Platz zu seinem alten Opel. Fünfzehn Minuten später parkte er den Wagen vor dem Mietshaus in Stellingen, schloss auf und betrat sein Einzimmerapartment mit winziger Küche und Bad.

Hinnerk lebte nur knapp einen Kilometer von seiner früheren Wohnung entfernt. Dreieinhalb Zimmer, Hochparterre, Zugang zum Hof, eine große Rasenfläche mit begrenzenden Bäumen und dichtem Gebüsch.

Eine Idylle.

Ideal für die heranwachsende Tochter.

Für Sylvie.

Die Ähnlichkeit des tot aufgefundenen Mädchens mit Sylvie hatte Hinnerk für Sekunden den Atem stocken lassen. Beinahe wäre er in der Gerichtsmedizinischen aus den Pantinen gekippt. Er war ins Freie gestolpert, hatte sich in der eisigen Kälte an die Mauer gelehnt und mit zitternden Händen eine geraucht.

Seine Tochter.

Nein! Nein, nein!

Seine Tochter war nicht tot.

Sie war weg – ja. Aber nicht tot.

Sie lebte bei ihrer Mutter in Arizona.

Cathrin war zurück auf die Farm ihrer Eltern. Sie versuchte, sich als freischaffende Gebrauchsgrafikerin zu etablieren. Sie hatten sich getrennt und gütlich geeinigt. Auch darüber, dass Sylvie bei ihrer Mutter blieb.

Hinnerk telefonierte regelmäßig mit ihr.

Es tat ihm nicht gut.

Er spürte dann, wie sehr er sie vermisste.

Jetzt hatte es ihn voll erwischt.

Beim Anblick eines ihr ähnlich sehenden toten Mädchens.

Hinnerk pellte sich aus seinen Klamotten, duschte heiß und hüllte sich in einen Hotelbademantel.

Er gönnte sich ein Bier.

Er rauchte eine Lucky.

Er knackte eine weitere Dose und schob eine Tiefkühlpizza in den Ofen.

Er schaltete den Recorder ein. Melodischer Jazz. Gerry Mulligan. Hinnerk rauchte. Hinnerk trank.

Die Pizza war fertig. Er aß ein Stück, er trank, er rauchte.

Hinnerk versuchte, nicht länger an Frau und Tochter zu denken. Es gelang ihm nicht. Wie auch?

Impulsiv griff er zum Telefon und wählte die Nummer des »Relax«, fragte nach Barbara. Es dauerte, bis sie sich meldete.

»Es wird spät«, sagte sie.

»Ich warte«, sagte er. »Bring noch was zu trinken mit.«

5 Sie legten die Mathebücher beiseite.

Jan lockerte die verspannten Muskeln. Torsten drehte die Anlage auf, seine Blues-Boogie Top Ten. Er machte ein paar Fingerübungen, schlug Akkorde auf der Tischplatte an.

»Der Steinway«, sagte er, »das ist das Einzige, was mir hier fehlt, ehrlich.«

Sie waren in der Wohnung von Torstens Tante, Nobelausstattung, Eppendorf, beste Lage. Tante Bea war Model, international gefragt. Zurzeit in Paris.

»Du kannst doch locker wieder zu deiner Mutter«, sagte Jan. Er zündete sich eine Zigarette an. Eine von Torstens.

»Ich kann mir auch die Kugel geben.«

»Wenn du 'ne Knarre hast.«

»Nee, du, bei der Alten hab ich die Hölle.«

»Kapier ich zwar immer noch nicht, aber ...«

»Ey, sie lässt ihren ganzen Frust mit Pa an mir ab. Und sie trinkt, das ist widerlich. Ich kann das jedenfalls nicht ab. Solange Tante Bea unterwegs ist, hab ich hier meine Ruhe.« Er nahm sich auch eine Kippe, rauchte sie an. »Blöd, dass deine Schwester nicht auf mich steht.«

Jan winkte ab.

»Die ist doch durchgeknallt.«

»Nee!«

»Aber voll.«

»Hat sie jemanden?«

»Frag sie. Mir zeigt sie nur den Finger.«

»Blöd«, sagte Torsten noch einmal. Er fand Ulrike super. Schlank, sportlich und das dichte rotes Haar, immer flippig gekleidet. So wie die Uschi, die Uschi Obermaier. Die jetzt mit so 'm Kiez-Typ abgedüst war. Meine Fresse. Das konnte man nicht verstehen, so was.

Er trat ans Fenster und blickte über die Dächer des Viertels. Es schneite. Unten auf der Straße schlitterten die Leute zum Stadtteil-Italiener.

»Ich denk, für heute sind wir durch«, sagte Jan. »Gehen wir noch auf 'n Bier?«

»Ins ›Pö‹«, sagte Torsten. »Da hab ich vielleicht die Chance, noch bei 'ner Jam Session einzusteigen.«

6 Ulrike musste sich einiges von ihren Mitbewohnern anhören. Sie waren eine WG in einer acht Zimmer großen Altbauwohnung in der Brahmsallee.

Antje und Hajo, Jutta und Rolf und sie.

Antje und Hajo waren ein Paar, studierten beide auf Lehramt. Nette Typen, ein bisschen naiv vielleicht.

Rolf war auf der Schauspielschule Frese. Er war schon für kleinere Fernsehspielrollen engagiert worden. Nach eigener Aussage war er bi.

Jutta war die »Politische«. KBW. Kommunistischer Bund Westdeutschland. Sie führte das große Wort. Sie warf Ulrike vor, jeden Morgen zu lange im Bad zu sein.

»Das geht bis zu 'ner Stunde! Eine Stunde – und du schließt ab!«

Ulrike reichte es.

»Willst du mein Kacken kontrollieren?!«

»Das ist unsolidarisch!« Kreisch! Kreisch!

»Und was ist mit dir? Mit deinem seltsamen Gast?«

»Wie? Was?« Augenblicklich war Jutta äußerst irritiert. »Was soll das jetzt?«

»Der Typ hängt die ganze Zeit bei dir rum, lässt sich nicht blicken und beteiligt sich an nichts. Aber er geht heimlich an den Kühlschrank! Ja, was ist mit ihm? Zahlt er was in die Kasse? Tut er irgendwas? Hat er außer ›Genosse‹ auch noch ’n Namen ...«

»Das geht dich gar nichts an!«

»Klasse«, sagte Ulrike. »Super.« Sie schaute auf die Uhr. »Ich muss los«, sagte sie. »Hängt mir ’n Zettel mit eurem Gejammer hin, ich werd sehen.«

7 Ingo wurde bereits ungeduldig von seinem Mentor Helmut Kügel erwartet. Der Kreisvorsitzende trug einen Smoking und eine rote Fliege.

»Alles glatt gelaufen?«, fragte er.

Ingo hielt ihm einen prall gefüllten Umschlag hin.

»Ich musste noch was mit ihr trinken.« Er war blass, und seine Hände zitterten. Er hatte nichts getrunken. Er hatte geredet, viel geredet. Und dann auch noch einen Weg machen müssen.

»Sie wollte so zwischen fünfzehn und zwanzig locker machen«, sagte Kügel. »Für die Partei.« Er lächelte ein schmallippiges Lächeln.

»Das ... keine Ahnung, ich hab nicht nachgezählt«, sagte Ingo.

Kügel winkte ab.

»Egal. – Bring es morgen als Erstes zur Bank. Ins Schließfach. Notier den Betrag. Ich verbuch das dann später. Ich hab dir den Schlüssel rausgelegt.« Er wies zum Schreibtisch am Fenster.

Der Raum war ansonsten nur noch mit zwei kaum bestückten Regalen und einer schlichten Sitzecke ausgestattet. An der Wand Wahlplakate. Kügel im Anzug, Hemd mit offenem Kragen. »Die Nase vorn! Mit Hamburg voran!«, »SPD – Wir sind Europa!«

Helmut Kügel trat dicht an Ingo heran.

»Du kannst mich nächste Woche nach Bonn begleiten, mein Hase.« Er strubbelte spielerisch Ingos dünnes Haar. In Ingo stieg Widerwille auf, eine bittere Übelkeit.

8 Bonnie trat aus dem »Chikago« am Hans-Albers-Platz ins Freie. Zwei Hells Angels machten die auf Einlass wartenden Mädel übel an. Verbal und gestisch. Bonnie erkannte unter ihnen die Rothaarige. Ein scharfes Gerät. Manchmal ließ sich auch ihr Daddy blicken. Stimme der Jugend im NDR. Wichtiger Mann für den Laden.

Bonnie ging auf die beiden Angels zu.

Federnder Gang, die Arme locker an den Seiten.

Er war nicht sehr groß, aber kräftig gebaut. Trug Jeans und einen James-Dean-Blouson über'm blendend weißen T-Shirt. Die Haare halblang und geföhnt, ein sauber gestutzter Schnäuzer. Am Handgelenk ein goldenes Kettchen, dazu eine teuer aussehende Uhr.

»Lasst das«, sagte er. »Das mögen wir hier nicht.«

Die beiden Typen lachten ein Nikolaus-Lachen: »Ho! Ho! Ho!« Sie schlugen sich gegenseitig auf die Schulter: »Hast du gehört? Er mag das nicht!« – »Wer ist er denn?« – »Was will er denn?«

»Verpisst euch«, sagte Bonnie.

Die beiden sagten nichts mehr. Sie blickten sich an. Der Lange setzte zu einem Ausfallschritt an. Bonnie drehte sich weg, wirbelte blitzschnell wieder herum und knallte ihm die Rückhand in die bärtige Fresse. Seinem Kumpel trat er die Beine weg. Trat nach. Ein übler Tritt in den Schritt.

Straßenkampf. Zuschlagen und allemachen. Von früh auf gelernt in der Kölner Vorstadt. Wo ihn der Pfaffe gepiesackt hatte und er ihn später mit dem Motorrad und schwingender Fahrradkette über den Friedhof gejagt hatte.

Einige der Umstehenden stießen spitze Schreie aus. Rotschopf blieb ruhig, registrierte Bonnie aus dem Augenwinkel.

Er nahm die beiden Typen ins Visier und senkte die Stimme ...

Bonnie gab Gitti und »Kuchenzahn« am Tresen das Zeichen, die ersten Biere anzuzapfen. Es war 23.10 Uhr. Er öffnete den Schuppen, die Leute strömten herein.

Bonnie grüßte den, begrüßte jenen.

Mit Kopfnicken, mit Handschlag.

Alte Bekannte, gute Bekannte.

Er grüßte den Hähnchengriller von gegenüber, den Taxifahrer, den Portier. Er grüßte die lässig herantrottenden Kollegen aus dem Laufhaus und den Discos. Er schickte Luftküsse an die Casino-Lady und die Fummeltante. Er hob für den schwulen Boxer den Daumen und feixte rüber zum Kung-Fu-Chinesen. Er grüßte den Herrn Professor aus Lüneburg und die Plattenbosse von WEA und BMG. Und manchmal schneiten auch Udo und Otto rein, mit ihnen die Clique aus dem »Pö«. Sie waren cool oder blödelten rum, quakten über dies und das. Hey, Bonnie, was geht ab?

Alles klar auf der Meile? Die Schweinebande schon am Start? Nehmen wir einen? Ein Schnelles vom Halben, einen Pineau?

Nachtschwärmer, Szenegänger. Durchweg gut drauf.
Angetrunken, aufgeputscht.
Freitag Nacht auf Samstag Morgen.

Die kleine Bühne lag noch im Dunkeln, die Musiker waren Backstage, stimmten ihre Instrumente und schlugen ein paar Akkorde an. Sie kamen aus verschiedenen Formationen, von Leinemann und den Rattles, von Rudolf Rock und von den Dirty Dogs.

Bonnie ging den schmalen Flur an den Toiletten vorbei ins Hinterzimmer.

Als Bonnie den Raum betrat, hockte der Hesse bei Elvis und tuschelte ihm was ins Ohr.

Elvis, der »Chikago«-Boss. Der King auf der Meile. Wenn er nur blinzelte, ging es irgendwo im Beritt heftig zur Sache. Keine Ahnung, wie er das hinkriegte.

Elvis saß im Rollstuhl.

Er war Rock 'n' Roller der ersten Stunde, hatte Bill Haley erlebt und am letzten Abend im »Star Club« bei Hardin & York aus Wehmut und Trauer dermaßen gesoffen, dass er draußen auf der Straße mit beiden Knien voll auf die Rinnsteinkante geknallt war. Operation »mit allem Drum und Dran«, wie er gern verkündete, »trotzdem für'n Arsch«. Das Gehen nämlich fiel ihm seitdem scheiß schwer, also unterließ er es.

Er grüßte Bonnie mit kraftlos erhobener Flosse, die Kippe im Mundwinkel.

»Wir reden gerade über dich.« Er nickte zum Hessen hin.

Der Hesse stopfte irgendetwas aus einer Pappschachtel in sich hinein. Er war Betreiber zweier Peepshows auf der Meile.

»Du siehst gut aus«, sagte der Hesse. »Warst du im Skiurlaub?« Er war der Einzige, der lachte.

Ein Arschloch.

Saß bei gutem Wetter vor einem seiner Läden, mampfte eine Leberkas-Semmel und hielt ein armlanges Eisenrohr griffbereit, das er zu dicht vorbeiflitzenden Radlern blitzschnell in die Speichen rammte, und Hallo, ist was? Hast du mir was zu sagen?

»Ich war mit den Angels Schlitten fahren«, sagte Bonnie und nahm sich eine von Elvis' Zigaretten.

»Wie? Was?«, fragte Elvis. »Wo warst du?«

»Vergiss es. Um was geht's?«

Elvis seufzte.

Der Hesse ergriff das Wort.

»Miami-Paul kommt die Tage nach Hamburg. Schneit sozusagen rein.« Diesmal lachte Elvis mit. »Er hat 'ne neue Connection. Bessere Konditionen als bei den Kaasköppen, viel bessere.«

Nebenan auf der Bühne trat Fats, Fats von Fats & His Cats, ans Mikro, und jemand aus dem Publikum brüllte: »Gebt Feuer, gebt Feuer, ihr Schweinebande! – Chikago, Chikago!«

»Okay!«, rief Fats zurück und legte los: »Okay! Well, I'm ready, I'm willing, and I'm able to rock and roll all night ...«

Rock 'n' Roll forever.

Rock 'n' Roll in einer feucht kalten Märznacht.

Rock 'n' Roll bis zum frühen Morgen.

9 Ulrike erwachte in den Armen des Gitarristen. Sie erwachte auf einem Matratzenlager in einem Kellerraum zwischen Boxen und Verstärkern. Zwei weitere Paare lagen noch im Tiefschlaf.

Ulrike stemmte sich hoch. Sie zog sich an. Es war kalt in dem Raum, und sie war nicht mehr erhitzt. Nicht mehr aufgeputscht vom Beat, nicht mehr so scheiße geil. Sie stieg in ihre Stiefeletten, zog die Kapuze ihres Parkas über den Kopf und stapfte die Stufen hoch auf die Straße.

Sie musste sich kurz orientieren, bis sie die Bushaltestelle entdeckte. Sie nahm den Vierer und stieg am Dammtor-Bahnhof aus.

Es war halb zwölf.

Sie brauchte einen Kaffee und kaufte sich dazu ein Schokocroissant. Sie ging damit zu dem Telefon am Ausgang Messe und wählte eine Stadtverbindung. Der Teilnehmer war direkt am Apparat.

»He«, sagte Ulrike. »Ich bin's. Ich bin in 'ner Viertelstunde auf dem Campus. Kriegst du das hin?«

10 Ingo hatte sie schon von Weitem gesehen. Mit ihrer roten Haarmähne fiel sie zwangsläufig auf. Er schlich sich an.

Ulrike sprach mit einem Mopedfahrer, einem Auslieferer von »Gigi's Pizza – Rund um die Uhr«. Roter Overall, schwarz gelocktes Haar. Als er davonknatterte, stellte Ingo sich so, dass Ulrike mit ihm zusammentreffen musste.

Sie erschrak. Ingo griente.

»Neuer Lover?«, fragte er.

Ulrike fing sich.

»Uli«, sagte sie.

»Uli …?«

»Uli aus unsrem Erstsemester. Jobbt für gar nicht mal wenig Kohle.«

»Ja, super«, sagte Ingo. »Ich erinnere mich. Aber ist der nicht schon exmatrikuliert?«

»Ja, und?«

»Nur so.« Er brauchte einen Moment, bevor er weiterredete, so locker, wie ihm eben möglich war. »Sag mal, sollen wir in die Mensa, 'n Kaffee trinken oder so was?« Er rieb sich die Hände. »Ich wollt dich auch fragen, ob du nicht mal Bock auf 'n spontanen Trip nach Bonn hast, kostet dich nichts.«

»Und? Was gibt's da?«

»Kügel, du weißt, der kennt 'ne Menge Prominenz. Echt wichtige Leute. Das kann immer mal nützlich sein.«

Ulrike tat, als müsste sie nachdenken.

11 Es war nach Mitternacht, als sie aus der Spätvorstellung im Abaton kamen: »The Harder They Come«. Sie tänzelten die Stufen zur Straße hinunter. Zum Platz. Zum Campus »… the harder they come, the harder they fall …« Sie schlugen die gefütterten Jackenkragen hoch.

»Stark«, sagte Jan. »Echt stark.«

»Wie bei Django«, sagte Torsten. »Der Schluss. Exakt dieselbe Kameraeinstellung. Rückenansicht und durch die gespreizten Beine von Django gefilmt ... voll auf die Bullen.«

»Jimmy – Jimmy Cliff! Hat keine Chance, aber er kämpft! Das ist die Message! – Ich will da hin«, sagte Jan. Er breitete die Arme aus und rief zum nächtlichen Himmel hoch. »Jamaika! Jamaika! Ich komme! – Ey, du, Torsten, ich mach das, ich düse gleich nach der letzten Prüfung los. Rasta, Reggae und die Roots. Irre! Pa hat da schon ... er hat da 'ne ganze Sendung drüber gemacht. Die war super.«

»Jamaika – das kostet aber.«

»Der Flug, klar. Aber im Land – wir können uns Motorräder mieten.«

»Motorräder? Wir ...?«

»Warum nicht? Das ist doch echt die leichteste Übung. Die Uni kann warten.«

Torsten blieb stehen, zog die Augenbrauen zusammen, überlegte.

»Ich weiß nicht«, sagte er, »die Leute im ›Pö‹ haben mir 'n ziemlich konkretes Angebot gemacht. Hannes meinte, ich könnte sogar im ›Chikago‹ mitspielen, du warst doch dabei. Das ist 'ne Riesenchance, und ich will das, ich will wirklich.«

»Kannst du immer noch. – Jamaika ist doch nicht für ewig.«

»Jamaika.« Torsten schnaubte. »Jamaika.«

ZWEI

If you wanna live
If you wanna live, live
I beg you treat me good
I'm like a walking razor
Peter Tosh, »Steppin' Razor«

1 »The Harder They Come«

Der Film: Jimmy ist in der Stadt. Er ist in Kingston.

Jimmy bringt seiner Mutter von zu Hause eine Mango mit. Jimmy ist bei seiner Großmutter aufgewachsen, in den Bergen, auf dem Land. Es gab nie viel zu essen. Die Arbeit war hart.

Die Grandma hat ihr Haus verkauft, verkaufen müssen. Kurz darauf ist sie gestorben. Das Geld ist für die Beerdigung draufgegangen.

Eine Dollarnote ist übrig.

Ein Dollar für Jimmys Mutter.

Die Mutter sagt, Jimmy solle aufs Land zurück: »In der Stadt gibt es für uns nichts zu verdienen.«

»Ich fahre nicht zurück«, sagt Jimmy. »Ich nehme eine Platte auf.«

Ein Dreadlock nimmt ihn mit ins Kino.

Sie sehen »Django«.

Django zieht einen Sarg hinter sich her.

Django öffnet den Sarg und nimmt ein Maschinengewehr heraus. Tötet jeden seiner Gegner, mäht sie nieder.

Das Kinopublikum johlt und schreit vor Begeisterung.

Gott vergibt, Django nie!

2 Es war ein schmales Büro mit Blick auf die S-Bahn-Station. Ein Schreibtisch, die Besucherstühle davor von einem älteren Paar besetzt. An der Wand ein Stadtplan, ein Versandhaus-Kalender. Das Fahndungsplakat der noch gesuchten RAF-Terroristen.

Neben der Tür ein Garderobenständer.

»Wir haben erst jetzt davon gehört«, sagte die Frau. Marineblaues Kostüm, klassisch auf Taille geschnitten, Silbernes Sportabzeichen. Hinnerk fand sie attraktiv. Sie war schlank und hatte eine gesunde Bräune.

»Wir sind Nachbarn«, sagte der Mann. Cordjacke mit Ellbogenschoner, kariertes Hemd, graue Hose, englischer Stil, einen Regenmantel überm Arm. Auch sympathisch. »Wir wohnen direkt neben dem Kindergarten Grasweg.«

Hinnerk zog seine Luckys hervor und legte sich die schmale Akte zurecht.

»Wenn Sie rauchen möchten ...«, bot er an.

Der Mann nickte dankbar und bediente sich.

»Wir waren auf Gran Canaria«, sagte die Frau. »Wir verbringen da jedes Jahr die Wintermonate. Von daher ...«

»Dieses Mädchen vom Spielplatz, wir kennen es.«

Hinnerk gab dem Mann und sich Feuer. Er ließ ein paar Sekunden verstreichen.

»Woher? Sie wurde vermutlich gewaltsam getötet.«

»Furchtbar, ja, ganz furchtbar. Das ist ... eine Anhalterin. Ich war eigentlich dagegen. Aber mein Mann spricht dann immer gleich in höchsten Tönen von seiner Jugend. Wie er getrampt ist.«

»Jaaaa, jaaaa – so habe ich nun mal Europa sehr früh kennengelernt. Frankreich, Spanien ...«

»Eine Tramperin«, sagte Hinnerk und schob ihnen das Foto aus der Gerichtsmedizinischen hin. »Das ist sie, ja? Kein Zweifel?«

»Ja – das … das Plakat hängt auch noch am Spielplatz aus.«

»Und wo haben Sie sie mitgenommen? Kennen Sie ihren Namen?«

»In Flensburg«, sagte die Frau. »In der Altstadt. Im letzten Jahr, Anfang November war das, ein Samstag, ja. Kurz vor unserem Theaterabend, das weiß ich noch genau. Wir waren in einem Fischlokal essen, und als wir zu unserem Wagen zurückkamen, sprach sie uns auf dem Parkplatz an.«

»Eine Dänin«, ergänzte der Mann. Er sah seine Frau an. »Bei ihrem Namen sind wir uns nicht sicher. Ich meine, Christine. Meine Frau meint, Kirstin. Sie wollte nach Hamburg, einen Freund besuchen. Wir haben ihr angeboten, sie bis zu seiner Adresse zu fahren. Aber sie sagte, sie treffe ihn auf dem Campus. In der Uni, sagte sie.«

»Da haben wir sie dann auch aussteigen lassen. An der Uni. Wo meines Erachtens niemand mehr war.«

»Nein, am Bahnhof. Am Bahnhof Dammtor ist sie ausgestiegen«, korrigierte sie ihr Mann. »Ich bin noch rein und habe Tabak gekauft.«

»Aber sie hat sich nicht einmal bedankt«, sagte die Frau. »Das fand ich letztlich dann nicht so nett.«

Christine beziehungsweise Kirstin, Familienname unbekannt. Laut Zeugenaussage dänische Nationalität. Alter: circa siebzehn bis achtzehn Jahre, Größe eins achtundfünfzig, schmaler Körper, kindliches Gesicht, graublaue Augen, halblanges, hellblondes Haar. Tot aufgefunden in

Hamburg-Winterhude am 15. Februar 1979. Fremdeinwirkung nicht ausgeschlossen.

Hinnerk schickte die Angaben als Anfrage nach einer möglicherweise in Dänemark als vermisst gemeldeten Person per Fax an die dänische Rigspolitiet.

3 Er trug seine Lederkluft, den Jackenkragen hochgestellt. Dazu den breiten Ledergürtel mit dem roten Stern und schwarze Stiefel. Er rauchte Roth-Händle und war fest entschlossen, sich die Kante zu geben.

Ein Klaps auf die Schulter warf ihn fast vom Hocker.

»Peter! Auch mal wieder hier?«

Er hielt sich am Tresen fest.

»Ulrike!«, sagte er. Glotzte sie an.

»Jo – heute ist aber keine Band, kein Rock Circus.«

»Gar nichts, ja? Egal. Hauptsache, es fließt.« Er signalisierte Gitti, einen weiteren Halben anzuzapfen.

»Was ist? Hast du Frust oder morgen 'n freien Tag?«

»Ich hab Urlaub angemeldet«, sagte Peter. Er lachte. »Hat mein Boss nicht gern gehört. Und Vadder meint, ich hätte 'n Knall.«

»Wieso?«

Peter hob den Finger.

»Weil ich ... weil ich, liebe Rieke, weil ich mit Torsten und deinem Bruder nach ... nach Jamaika zu reisen gedenke.«

»Du ...?«

»Das sind nicht deine ... deine Freunde, sagt Vadder, und wahrscheinlich ... wahrscheinlich hat er sogar recht.«

Ulrike zog sich einen Hocker heran und hievte sich neben ihn, orderte ein Schnelles vom Halben, einen Schuss.

»Mal der Reihe nach«, sagte sie. »Wie kommen die auf dich? Ihr habt doch seit Jahren keinen Kontakt mehr, oder?«

»Seit ich ... seit ich die Penne geschmissen habe, exakt! Aber für ihren Trip ... was braucht man da?«

»Kohle.«

Peter schüttelte den Kopf.

»Damit hat niemand 'n echtes Problem. Nein, Rieke, nein. Das soll 'ne Easy-Rider-Tour werden, Steppenwolf und so, Born ... born to be wild, auf Harleys an der Küste lang und ... Palmen am Strand.«

»Nee! Ehrlich?« Ulrike lachte lauthals. Die Biere wurden ihnen hingestellt.

»Das ist der Plan. Und ... und wer kennt sich aus mit so Maschinen? Wer hat das gelernt? Kann schrauben und all das. Hat seinen Meister ...?«

Ein meckerndes Lachen ertönte.

Ingo stand hinter ihnen und schien sich zu bepissen vor Lachen.

»Der Meister! Der Meister in Mathe-Englisch-Deutsch, das Superhirn! – Mensch, du hast doch gar nichts gerafft! Glaubst du, mit dem Scheiß kannst du bei ihr landen?!«

»He ...?!« Ulrike blickte Ingo irritiert an. Der Typ hatte sich fein gemacht. Hose mit Schlag und knallbuntes Hemd unter der Daunenjacke, Föhnfrisur. »Hast du sie noch alle?«

Peter überraschte sie.

Er war wie nichts vom Hocker und schoss eine knallharte Rechte ab. Sie traf Ingo aufs Maul.

Ingo taumelte, riss die Arme hoch. Suchte Halt.

Stürzte rücklings zu Boden.

Die Handvoll Gäste an diesem normalen Kneipenabend im »Chikago« kümmerte es nicht. Nur ein zart besaiteter Typ schrie auf.

Aus dem Hinterzimmer kam Bonnie herangeschlendert.

4 Die beiden Väter hatten sich telefonisch verabredet und kamen nahezu gleichzeitig an. Nicolas Böhm hatte einen Tisch im hinteren Teil der »Brücke« reserviert. Es war ein Vierertisch.

Carl Steffens sah sich in dem Lokal etwas befremdet um. Er trug unter seiner Joppe ein Shirt und ein Holzfällerhemd, sein festes Schuhwerk war schlammverkrustet. Er kam von einer Baustelle. Die Siemers Bau hatte zurzeit gut zu tun.

Böhm glaubte, erklären zu müssen.

»Ich bin hier bekannt«, sagte er. »Und das Schnitzel ist hervorragend. Ein Klassiker. – Die Rechnung geht auf den Sender. Was trinkst du?«

Steffens blickte auf die Karte.

»Ein Bier«, sagte er.

Böhm winkte der jungen Bedienung und bestellte. Steffens bot seine Zigaretten an. Sie zündeten sie an, rauchten. »Lange nicht gesehen«, begann Böhm.

»Ich bin zu Hause ausgezogen«, sagte Steffens. »Erst einmal.«

»Das hab ich gehört. Torsten wohl auch. – Wie ist es?«

Steffens zuckte die Achseln.

»Dem Jungen macht das schon zu schaffen. Ich weiß nicht, ob es je wieder was wird mit Franziska und mir. Sie turtelt jetzt auch mit diesem Kügel rum.«

»Mit dem SPD-Fritzen? Der ist doch schwul.«

»Keine Ahnung, was sie treiben.«

»Du meinst, wie.« Böhm lachte ein albernes Lachen. »Sorry, aber der Mann hat ihr doch nichts zu bieten.«

»Na ja, er schanzt der Firma Aufträge zu. Städtische Aufträge. Das ist schon mal was. Es ist schließlich ihr Betrieb, und wenn es gut läuft ...« Er hob die Achsel.

»Irgendwann kriegen sie den Mann am Arsch«, sagte Böhm. »Das garantier ich dir. Und mit ihm seine Spezis, diesen armseligen Ingo eingeschlossen.«

»Ingo?«

»Puschner, Ingo Puschner, sein Zögling, seine Kreatur.«

Das Bier wurde serviert. Die Bedienung stellte ihnen einen kleinen Korb mit Brot und einem Schälchen Schmalz hin. Die Väter nahmen einen Schluck und bedienten sich.

»Reden wir über unsere Sprösslinge«, sagte Steffens. »Sie wollen sich ja nun ins große Abenteuer stürzen ...«

5 Steffens traf seine Frau Franziska bei ihrer liebsten Beschäftigung an. Sie telefonierte. Er ging in die oberen Räume und packte ein paar Kleidungsstücke für den Übergang zusammen. Für kommende, wärmere Tage.

Wieder in dem großen, zum Garten hin liegenden Wohnraum, beendete Franziska abrupt ihr Telefonat.

»Hast du mit Torsten gesprochen?«, fragte Steffens.

»Dann hätte ich an dich weitergereicht. Sein Bedürfnis, mit mir zu reden, ist extrem gering.«

»Er steht vor dem Abi.«

»Ja, nimm du ihn nur in Schutz! Mein Gott! Er benimmt sich unmöglich.«

»Was immer er tut«, sagte Steffens. »Er empfindet es so.«

»Ha!« Franziska ging zu dem Flügel, auf dem eine ganze Batterie Flaschen und Gläser stand, Ringe auf dem Holz hinterließen. Sie mixte sich einen Wodka-Martini. »Möchtest du auch einen?«

»Danke.« Er verzog das Gesicht, hob die mit der Kleidung prall gefüllte Tasche. »Ich muss weiter.« Er wandte sich schon zum Gehen, hielt aber noch einmal inne. »Dann weißt du möglicherweise nichts von seinen Plänen?«

»Du meinst Jamaika? Oh, doch, das ist mir zu Ohren gekommen.«

Steffens hob nachfragend die Augenbrauen. Doch Franziska sagte nichts mehr. Sie widmete sich ihrem Drink.

»Na schön«, sagte Steffens. »Ich bin dann weg. – Deine Putze sollte sich demnächst mal die oberen Zimmer vornehmen. Da sieht's ziemlich unordentlich aus.«

6 Der Benz rollte vor einem kleinen Haus an der See aus. Es war im englischen Landhausstil gebaut, tiefgezogenes Dach, Butzenfenster, Steinstufen zur grün gestrichenen Haustür. Begrenzt war es zum Strandweg hin mit einer hüfthohen Natursteinmauer, moosbewachsen.

Ulrike stieg aus und hielt ihr Gesicht in den frischen Wind, sah zur See. Zur Ostsee, leichter Wellengang. Der Himmel war klar.

»Schön hier«, sagte sie. »Schöne Aussicht.«

»Is' Elvis' Hütte«, sagte Bonnie. »Für später. – Komm.« Er belud sich mit den Einkaufstüten und ging vor. Ulrike schnappte sich ihre Sporttasche.

Im Innern des Hauses roch es leicht muffig.

Bonnie stieß die Fenster auf. Helles Licht fiel auf Stühle und Tisch, auf leere Pizzaschachteln, Plastikgeschirr, auf umgestürzte Whiskey- und Champagnerflaschen, auf verschmutzte Gläser.

»Verdammter Drecksack«, fluchte Bonnie. »Und zu faul, 'ne Putze ranzupfeifen.«

»Man kann auch bitte sagen«, sagte Ulrike.

»Was?«

»Vergiss es. Aber versuch nicht, mich rumzukommandieren.«

Bonnie baute sich vor ihr auf, sah sie aus schmalen Augen an.

»Stinkt dir was?«

»Ist schon okay«, sagte Ulrike. »Gibt's hier auch Müllsäcke?«

Bonnie stand in der gesäuberten und aufgeräumten Küche, marinierte Kalbskoteletts und ließ Frühlingskartoffeln auf kleiner Flamme bräunen.

Ulrike stand im Türrahmen.

»Super«, sagte sie. »Sieht aus, als hättest du nie was anderes gemacht.«

»Ich hab's gelernt.«

»Echt jetzt?«

»In Köln, 'ne Hotellehre.« Er lachte abfällig. »War allerdings nur ein kurzes Gastspiel.«

»Wenn du's erzählen willst.«

»Nur dir.«

»Warum? Warum nur mir?«

Bonnie wischte sich die Hände an den Jeans ab, nahm einen Schluck von seinem Whisky und zündete sich und Ulrike Zigaretten an. Er reichte ihr eine.

»Weil ich dich mag«, sagte er.

»Wir sind erst vor ein paar Tagen in die Kiste.«

»Ist nicht das Vögeln.«

»Sondern?«

»Deine Haare«, sagte Bonnie. »Deine Augen – sie strahlen.« Sie wusste nicht, ob er sie verarschte. Doch bevor sie etwas sagen konnte, hatte er sie an sich gezogen, umarmte sie fest und küsste sie. Sie erwiderte seine Küsse, schmiegte sich an ihn.

Sie aßen mit untergeschlagenen Beinen nackt am Kaminfeuer sitzend. Sie tranken Champagner, rauchten fette Joints.

Sie hörten auf Kassette ABBA, italienische Schlager und Pink Floyd.

Sie schliefen miteinander.

Sie blieben bis mittags im Bett.

Nachmittags spazierten sie am Strand entlang, aßen Fischbrötchen und fütterten die Möwen.

Sie gingen Hand in Hand und Arm in Arm, spielten Fangen, und Bonnie zeigte Ulrike ein paar wirkungsvolle Schläge und Tritte.

Sie hatten anfangs nur über Nacht bleiben wollen.

Sie blieben vier Tage und brachen am fünften nachmittags auf.

Als sie Hamburg erreichten, sagte Ulrike wie beiläufig: »Glaub nur nicht, dass ich jetzt für dich anschaffe.«

7 Sie hörte die Radiostimme ihres Vaters schon im Flur der Elternwohnung. Hallerstraße, Funknähe, ideal in mehrfacher Hinsicht. Für Arbeit und Schule, Einkauf und Tennis, nicht weit zur Außenalster, Hamburgs blaue Mitte.

»… auch Peter Baumann ist inzwischen weit entfernt von jenem Gleich-null-Klang der frühen Tangerine-Dream-Werke und setzt stattdessen auf klare Leitmotivmelodien von schlichter Schönheit. Ich habe für euch ›Romance‹ aufgelegt, das Titelstück seines vorletzten Albums, auf dem er nahezu prophetisch schon Reggae-ähnliche Synthesizerrhythmen zaubert, inzwischen ja populärer Discosound, wie überhaupt der Reggae als befreiender Ausdruck jahrzehntelanger gesellschaftlicher Unterdrückung …«

Sie wurde von ihrer Mutter und Bruder Jan eher beiläufig mit einem »Du auch mal wieder?« begrüßt, nahm sich eine Cola aus dem Kühlschrank und hockte sich damit vor die Couch, schlug die Beine unter und wartete, bis die ersten Elektroklänge ertönten.

»Ich hab 'ne neue Telefonnummer«, verkündete sie dann.

Jan sah kopfschüttelnd zu, wie Ulrike ihre alten Arbeitsklomotten vom damaligen Umbau des Ferienhauses in eine blaue Ikea-Tasche stopfte und auch ein paar Musikkassetten, Folk und Flamenco, den Mitschnitt des Manitas-de-Plata-Konzerts in Wien.

Wien.

Ihre erste Ferienreise mit der Bahn, angeblich gemeinsam mit einer Schulfreundin, eine getürkte Nummer. In Wahrheit ein Trip mit einem knapp zehn Jahre älteren Cabriofahrer, einem verheirateten Referendar. Großer Zoff, als es rausgekommen war, aber ihr auch wieder vergeben und vergessen. Man ließ ihr alles durchgehen. Seit jeher. Scheiß ältere Schwester. Ein Biest.

»Was is'n das für 'n Typ, zu dem du ziehst?«, fragte er und zündete sich so cool wie möglich eine Selbstgedrehte an.

»Man kann sich auf ihn verlassen.«

»Ich glaub's nicht«, sagte Jan. »Das hätte ich jetzt nicht gedacht.«

»Du wirst schon noch rauskriegen, wie wichtig das ist.«

»Wie jetzt?«

»Auf eurer Tour. Wie ich euch kenne, ist Peter der Einzige, der's draufhat.«

»Hat ihm aber bei dir nichts genutzt«, sagte Jan. »Jedenfalls, soviel ich weiß.«

»Dein Wissen ist für'n Arsch.« Sie war dabei, einige ihrer Schuhe auszuwählen. »Er durfte jedenfalls meine Titten anfassen.«

Jan errötete ein wenig und wandte sich ab.

8 Hinnerk hatte sich soeben mit der im »Relax« arbeitenden Barbara zu einem späten Essen im »Il Buco«

verabredet, als ihm ein per Fax übermitteltes Protokoll der Kommune Ringkøping hereingereicht wurde. Es war die Aussage der siebenunddreißigjährigen Anna-Lena Poulsen, wohnhaft in Ringkøping, Nørregade 17. Sie hatte seit den Weihnachtstagen nichts mehr von ihrer Tochter Kirsten gehört. Angehängt war die Kopie eines Fotos der Siebzehnjährigen.

Kirsten war in den Herbstferien nach Flensburg aufgebrochen, um ihren deutschen Urlaubsfreund Rainer zu besuchen, Sohn des Ehepaars Strack, Stuhrallee 73. Sie hatte von dort ihre Mutter angerufen und berichtet, dass Rainer jetzt in Hamburg studiere und erst am Wochenende nach Hause komme. Sie werde auf ihn warten. Einen weiteren Anruf erhielt Frau Poulsen circa eine Woche später. Es war ein längeres Gespräch, in dem Kirsten ihr mitteilte, in Deutschland bleiben zu wollen. Es tue ihr leid, aber eine Konditorlehre sei einfach nichts für sie. Sie werde in Hamburg mit Rainer zusammen sein und mit seiner Hilfe einen Job suchen. Das habe, laut einem letzten Anruf bei ihrer Mutter am ersten Weihnachtstag, dann auch geklappt. Sie habe Arbeit als Haushaltshilfe.

Arbeit bei wem?

Anruf von wo?

Konkretes über Rainer? Rainer Strack, Student?

Nichts darüber. Kein Wort.

Hinnerk kniff verärgert die Lippen aufeinander, rieb sich die Stirn. Okay, resümierte er dann, am 25. Dezember noch telefoniert, am 15. Februar tot aufgefunden. Nach der Schneekatastrophe. Beim ersten Abtauen der Schneemassen. Leicht bekleidet, eine schwere Kopfverletzung, keinerlei Papiere bei sich.

Ein bleiches Gesicht.
Ein junges Gesicht.
Ein kurzes schmerzhaftes Aufblitzen.
Sylvie.
Sein Herz krampfte. Er schluckte. Er schaute auf die Uhr. In Arizona war es neun Uhr morgens. Sylvie war sicher schon auf dem Weg zur Highschool.
Er versuchte trotzdem, sie zu erreichen.
Brauchte das jetzt.
Ihre Stimme. Ihre Lebendigkeit.

DREI

By the rivers of Babylon
Where we sat down
And there we wept
The Melodians, »Rivers of Babylon«

1 »The Harder They Come«

Der Film: Es regnet in Kingston. Ein tropischer Regen geht nieder.

Jimmy übernachtet im Wartehäuschen einer Busstation.

Er will den Plattenboss der Insel sprechen. Den Mann, der einen zum Star machen kann. Wenn der Song nicht zu slow ist, wenn er Drive hat.

Aber Jimmy kommt nicht an den Boss ran.

Jimmy muss Arbeit finden.

Auf dem Bau gibt es nichts für ihn.

Auch bei den Hotels nicht.

Die Bungalowbesitzer jagen ihn davon.

Jimmy muss essen. Ein Joint allein macht nicht satt.

Doch die Marktfrauen haben scharfe Augen. Sie halten die Mangos und Papayas auf ihren Verkaufstischen im Blick.

Auf den Müllhalden stochern abgemagerte Kinder nach Nahrung. Ziegen staksen mit ihnen herum.

Jimmys vorerst letzte Stadion ist ein Priester. Ein lüsterner Verkünder der Worte des Herrn. Beim Anblick der jungen Kirchenchorsängerinnen beben seine Lippen.

2 Während der Fahrt auf der A 7 nach Flensburg hatte es nur in Höhe Neumünster einige Kilometer weit geregnet. Ein dünner Regen, nicht sonderlich sichtbehindernd. Die Scheibenwischer des alten Opel schrappten stockend über das Glas. Hinnerk nahm es gelassen.

In der Stadt fand er mühelos Straße und Haus der Stracks. Es war ein villenähnlicher Bau im Zentrum, in dem mehrere Parteien wohnten.

Hinnerk klingelte.

Die Frau, die ihm öffnete, trug einen weiten dunkelgrünen Mantel mit hochgestelltem Pelzkragen und in der Linken einen Einkaufskorb.

Hinnerk grüßte und wies sich aus.

»Ich konnte Sie telefonisch nicht erreichen«, sagte er.

»Das ist kein guter Zeitpunkt«, sagte die Frau. Sie machte keine Anstalten, Hinnerk hereinzubitten. »Ich bin kaum noch zu Hause. Mein Mann liegt im Krankenhaus.«

»Das tut mir leid.«

»Das hat er sich selbst zuzuschreiben. Er ist übergewichtig, er trinkt, er raucht. Er klappt zusammen, und ich hab den Ärger. Aber das kümmert ihn nicht.«

»Ich mache es kurz. Es geht um Ihren Sohn.«

»Wir haben keinen Sohn.«

»Bitte ...?«

»Haben Sie nicht gehört? Ärger, nichts als Ärger.«

»Entschuldigen Sie, aber aus Dänemark haben wir erfahren ...«

»Ja, ja – natürlich, das hätte man sich denken können.«

»Rainer ...«

»Rainer – ja, Rainer, auf den Namen haben wir ihn getauft.«

»Ist ihm was passiert?«

Frau Strack schüttelte den Kopf. Sie sah auf ihre Armbanduhr und trat einen Schritt zurück.

»Ich muss den nächsten Bus nehmen. In zwanzig Minuten. Kommen Sie rein.« Sie wies Hinnerk in den ersten Raum gleich neben der Tür. Es war ein Arbeitszimmer mit hohen Bücherregalen, einem wuchtigen Schreibtisch und zwei Clubsesseln. An den Wänden Jagdtrophäen.

Hinnerk wartete, bis Frau Strack sich gesetzt hatte, und nahm erst auf ihr Zeichen hin ebenfalls Platz.

»Ihr Sohn ...«

»Er hat sich von uns losgesagt«, unterbrach sie ihn. »Er hatte irgendwas gelesen, irgendeinen Dreck und hat angefangen, seinen Vater zu beschimpfen! Als Nazi, als Mörder, als Blutrichter und was nicht alles! Und ich sei dermaßen naiv, dass man es kaum glauben könne. Eine naive Glucke! Er ist gegangen, er will nichts mehr von uns wissen.«

Hinnerk reagierte nicht.

Er saß da, rieb sich nachdenklich das Kinn.

»Wann war das?«, fragte er dann.

»Gearbeitet hatte es offenbar schon länger in ihm. Zum endgültigen Bruch kam es ... das war irgendwann im Oktober. Wir saßen beim Kaffee. In unserem Garten.«

Hinnerk zog seinen handtellergroßen Notizblock hervor, blätterte ihn auf.

»Anfang November war eine junge Dänin bei Ihnen ...«

»Nein.«

»Meinen Informationen nach hat sie am zehnten November Flensburg wieder verlassen. Kirsten Poulsen, eine dänischen Freundin Ihres Sohnes. Ich nehme an ...«

»Dazu möchte ich nichts sagen.«

»Sie haben mit ihr gesprochen?«

»Ich sage doch ...«

»Sie ist tot, Frau Strack. Sie ist von hier nach Hamburg getrampt, um Ihren Sohn zu treffen. Der angeblich in Hamburg studiert ...«

»Das weiß ich nicht! Ich weiß gar nichts mehr von einem Sohn!« Sie krampfte ihre Hände in die breiten Armpolster, ihre Stimme wurde laut. »Er – er hat mich verlassen. Hat einfach die Tür hinter sich zugeschmissen und ist losgezogen! Was fragen Sie mich nach diesem Mädchen?! Nach dieser dummen Pute?!« Sie stand abrupt auf. »Steht hier tagelang vor der Tür, um sich mit ... um sich zu amüsieren. Ich hab ihr mit der Polizei gedroht, da ist sie dann endlich abgehauen. Sie ist tot, sagen Sie ...?«

Auch Hinnerk erhob sich.

»Ich brauche ein Foto von Ihrem Sohn«, sagte er und blickte sie ungerührt an, ersparte es sich, ihr Näheres über den Tod der jungen Dänin mitzuteilen. »An der Uni ist er namentlich nirgends eingeschrieben.«

3 Die Abi-Feier fand im »Élysée«-Hotel am Dammtor statt. Eine Vorbereitungsgruppe der Abiturienten hatte sich Jans Vater als DJ des Abends gewünscht. Der NDR-Jugendfunkredakteur Böhm fühlte sich geehrt. Mit an den Seiten geschnürten braunen Leder-Jeans und Ibiza-Hemd gekleidet, arbeitete er eine wilde Mischung aus Oldies, Punk, deutschen Schlagern, Rock und Reggae ab.

Mutter Monika tanzte mit Jan einen Walzer, sie in einem rückenfreien, eng anliegenden schwarzen Kleid, Jan in einem marineblauen Anzug, von dem er wusste, dass er ihn nie wieder tragen würde.

Nicolas Böhm legte »Tränen lügen nicht« auf.

Torsten wurde von einer Mitschülerin aufgefordert, die schon seit längerer Zeit in ihn verknallt war. Es war eine vollbusige Brünette, die sich bei einem Slow eng an ihn schmiegte. Torsten konnte nicht verhindern, dass er eine Erektion bekam. Er dachte an die Schwester seines besten Freundes. Er dachte an Ulrike. Er würde sie mit seinem locker swingenden Boogie bezaubern – garantiert!

An der Hotelbar ließen sich Jan und Torsten mit über die Schultern gelegten Armen fotografieren. Zwei gut aussehende Jungs mit strahlendem Blick in Richtung Zukunft. Sie orderten Rum-Cola.

»Kommt Ulrike noch?«, fragte Torsten.

»Keine Ahnung.« Jan nahm einen Schluck. »Sie hat wieder mal ’n Neuen. Scheint ’ne ziemlich schräge Type zu sein. Ich hab vorige Tage mal angerufen, und ’ne Telefonstimme quakt dich an mit ›Sprich oder stirb‹.«

Torsten musste schlucken.

»Echt jetzt?«

Nicolas Böhm machte eine Pause und verschwand für längere Zeit auf der Toilette. Aufgekratzt stürmte er dann zurück in den Saal und schnappte sich eine Abiturientin für einen langsamen Walzer, allein zum Summen aus seiner heiseren Kehle.

Carl Steffens war schon früh Hacke breit. Er musste sich an der Stuhllehne festhalten.

»Mein Sohn, mein lieber Sohn, mein einziger«, sagte er zu Torsten und hob beschwörend die freie Hand. »Es tut mir leid, es tut mir unendlich leid, ganz furchtbar ist das, aber die Schuld, mea culpa, wie der Lateiner sagt, doch wir, wir wollen hier nicht von Schuld reden, es ist nur so, du hast keine Eltern, wir beide, wir beide haben nur uns, und das –«, er hob die Stimme, er krähte: »Und das ist zu wenig! Viel zu wenig! Hörst du, Franziska, zu wenig! Denn auch du, auch du hast einen Sohn!« Er ließ die Lehne los und stolperte Torsten in die Arme.

Irgendwo im Saal wurde applaudiert.

Vor dem Hotel fuhr eine Taxe nach der anderen vor.

Jans Vater wollte noch unbedingt ins »Chikago« und konnte nur mit Mühe und viel Kraftanstrengung von Frau, Sohn und Freund davon abgehalten und ins Taxi nach Hause verfrachtet werden.

4 Peter schwang sich aus dem französischen Doppelbett, über das ein Baldachin drapiert war. Die im Bett auf der Seite liegende Frau schnarchte.

Peter kleidete sich geräuschlos an. Er griff sich die Champagnerflasche, die auf dem Boden stand, und leerte sie mit zwei großen Schlucken.

Auf dem Nachttisch lagen aufgefächert drei Hundertmarkscheine. Peter steckte sie ein.

Barfuß schlich er sich aus dem Zimmer. Es war still in der Wohnung. Er lauschte nach oben. Auch von dort war nichts zu hören.

Peter ballte eine Faust und stieß sie mit einem befreienden Laut in die Luft.

Gut so.

5 Flug Hamburg – London Heathrow. Dann weiter mit Jamaica Airlines, Ankunft Montego Bay um 23.50 Uhr Ortszeit.

Vor dem Abflug wechselte Peter die drei Hundertmarkscheine in US-Dollar und steckte sie zu den Traveler Cheques in seinen Geldgürtel.

Jan betrat eine freie Telefonzelle und erreichte seine Schwester. Ulrike entschuldigte sich, nicht zur Abi-Feier gekommen zu sein. Sie habe Stress gehabt, sei nicht weggekommen. Er solle Torsten und auch Peter grüßen. Sie wünsche ihnen allen eine gute Reise.

Monika sah ihrem Sohn nach, der sich zur Gepäckkontrolle einreihte. Die Vorstellung, dass etwas Furchtbares passieren würde, nahm mehr und mehr Raum in ihr ein.

In der Halle patrouillierten Bundesgrenzschutzpolizisten in Kampfmontur und Maschinenpistolen. Auf der Pirsch nach Terroristen.

6 Douglas DC 8 L: Der in Heathrow gestartete Flieger war voll besetzt. Hochgewachsene Jamaikanerinnen in knöchellangen bunten Gewändern. Männer mit riesigen Ghettoblastern auf den Schultern. Ein Rasta mit Sonnenbrille, in der Hand einen Holzstab mit geschnitztem Löwenkopf als Griff.

Ein halbes Dutzend deutsche Entwicklungshelfer.

Helfer bei der von der sozialistischen Regierung der Karibikinsel initiierten Landreform. Landflucht der Bevölkerung eindämmen. Lebenswerte Alternativen auf dem Land und in den Bergen schaffen.

Sie sprachen über Geld. Sechshundertachtzig DM Monatsgehalt für engagierte junge Frauen und Männer aus Köln, Koblenz und Dinslaken. Freies Wohnen, ein Dienstwagen für Fahrten aufs Land und in die Berge. Es ist ihnen empfohlen worden, eigenes Gemüse anzubauen und Hühner zu halten. Auf die Dienstwagen sei besonders zu achten. Zwei Scheinwerfer würden auf Jamaika mit sechshundert US-Dollar gehandelt. Als Beleuchtung für die von Dorf zu Dorf fahrenden Discos.

Was wird man alles zu sehen bekommen?

Was wird man erleben? Wird es Streit geben?

Tätliche Auseinandersetzungen?

Jan hatte keinen Blick für die schmalen Hüften und schlanken Fesseln der Stewardessen. Auf die schaute Peter, die Hand über die Augen gelegt, verstohlen.

Jan gab mit seinem Wissen über Jamaikas Geschichte an.

»1494 von Kolumbus entdeckt, ab 1509 Spaniens Kolonie, Sklaven- und Sträflingsinsel.«

»Spielt da nicht ›Papillon‹?«

»Nee, der saß auf 'ner französischen Insel fest, aber der Film ist auf Jamaika gedreht. – Jamaika war auch Stützpunkt von Piraten. Wird von den Engländer erobert und zur Zuckerinsel ausgebaut.«

»Sugar, Sugar – Sugar in the morning«, summte Torsten. »Brown Sugar.«

Jan überhörte es. Er empfand es als obszön.

»Jetzt ist es das Bauxit.« Er war blendend gelaunt. Sah sich als bestens informierten Reiseleiter der Gruppe.

Die jamaikanischen Stewardessen gingen wippend durch die Reihen. Jan kam mit ihnen nicht ins Gespräch.

Aber Torsten.

Torsten machte Witze über Russen, Amerikaner und den Papst: Judas wünscht Jesus am Karfreitag ein frohes Wochenende.

Torsten erwähnte beiläufig, dass er Klavier spiele und Stevie Wonder bewundere.

Rum Punsch wurde serviert.

Peter nahm gleich zwei Gläser, rauchte eine Zigarette und dachte an den Gesundheitszustand seines Vaters: Herz-OP, Bypass und Stent. Absolutes Rauchverbot für den nach wie vor nach Nikotin Gierenden. Eine Nachbarin hatte zugesichert, täglich nach ihm zu sehen.

Okay, sagte Peter sich. Es ist, wie es ist. Mehr geht zurzeit nicht. Doch die Warnung des Vadders hatte er noch im Ohr: Das sind nicht deine Freunde ...

In der Ankunftshalle war es angenehm kühl. Sie gingen mit ihren Rucksäcken zur Zoll- und Passkontrolle.

Jan legte ein amtliches Formular vor.

»Was ist das?«, fragte der Beamte. Es war ein uniformierter Hüne. Er trug eine Schirmmütze, eine Pilotenbrille und goldene Ringe an den Fingern. Seine Uniform saß perfekt, schien frisch gereinigt und gebügelt.

»Eine Bestätigung«, sagte Jan. »Man hat mir in Hamburg mein Schweizer Messer abgenommen, ich soll es hier zurückbekommen.«

Der Beamte verstand nicht.

Er fragte nach.

»Ein Messer, ein Schweizer Messer!«, sagte Jan. »Sehr teuer.«

»Ein Messer?« Der Hüne lachte ein dröhnendes Lachen. »Was willst du mit einem Messer? Hier brauchst du eine Pistole!«

Draußen im Freien traf sie die extrem schwüle Luft wie ein Schlag. Es war stockfinster. Hunde kläfften, Grillen zirpten. Palmblätter raschelten.

Von fern dumpfe Trommelschläge.

Und schnelle, harte Schläge auf Blech.

Ein Getuschel neben ihnen im Gebüsch.

Es waren zwei Jungs, die sich ihnen in den Weg stellten. Dürre Gestalten, zwölf, vierzehn Jahre bestenfalls. Sie zündeten sich dünn gedrehte Zigaretten an.

»Hotel?«, fragte der eine. »We know Hotel.«

»Best Preis«, sagte der andere.

Wie aus dem Nichts schoss ein Wagen heran. Ein Ami-Schlitten, offenes Verdeck.

»Shut up!«, rief der Fahrer den Jungs zu. Es war ein gut aussehender Typ, trug ein weißes kurzärmeliges Hemd.

Die Jungs verschwanden.

Der Fahrer streckte die Hand aus.

»Paul«, sagte er. »Lasst euch nicht von diesen Kids ansprechen und kauft nie, kauft nie was von ihnen. Das bringt euch in den Knast. – Ich kann euch eine Unterkunft anbieten, privat. Es ist nicht weit.«

Jan wechselte mit Torsten einen Blick, sah auch Peter an. Peter klatschte schon mit dem Fahrer ab.

Peter und Paul, war das nicht irgend so'n Katholenfest?, fragte sich Torsten und musste bei all seiner Müdigkeit lauthals lachen: »Noch nichts geraucht und schon auf 'm Trip.«

»Okay«, sagte Jan. »Nur noch 'ne Frage. Was kostet das?«

Der Fahrer nickte.

Er zögerte keinen Moment.

»Dreißig Dollar die Nacht, für euch zusammen. Dreißig US-Dollar.«

Es war eine Villa. Sie lag am Hang eines bewaldeten Hügels, eine Holztreppe führte hinunter zum Strand.

Sie hörten das Meer rauschen.

Ihnen kam es vor, als wäre es nicht mehr so schwül.

Paul wies sie an, vor dem Eingang stehen zu bleiben. Er verschwand hinterm Haus, zwei, drei Minuten später öffnete er von innen die Tür.

»Come in.«

Flur und Wohnraum waren fast vollständig ausgeräumt. In einer Ecke stand noch ein riesiger Ghettoblaster auf den marmorierten Bodenfliesen. Zig Kassetten daneben.

»Ist ein Haus der Fruit Company«, sagte Paul. »Der Boss ist geflohen.« Er lachte. »Hatte Angst vorm schwarzen Mann, Angst vor der Revolution. Wir haben eine neue Regierung, die will den Kommunismus wie in Kuba. Ist auch nicht besser als vorher. Aber Mo Bay ist gut, da gibt es Hotels und Touristen. Ihr könnt bleiben, so lang ihr wollt.«

Paul hatte kassiert. Paul war gegangen. Jan und Torsten saßen auf einem Wasserbett in einem ansonsten leeren Zimmer. Peter breitete seinen Schlafsack aus.

»Für die erste Nacht ist es okay«, sagte er. »Aber ab morgen schlafe ich am Strand, da könnt ihr euch drauf verlassen.«

»Wir sollten schnellstens Motorräder organisieren«, sagte Jan. »Ich übernehme das gern, wenn Peter mit dabei ist. Wegen Zustand und so.«

»Paul will uns Frühstück machen«, sagte Torsten. »Dann kann er euch mit in die Stadt nehmen. Hat vielleicht auch 'n Tipp. – Ich bleib hier, ich pass auf unser Gepäck auf.«

Alles schien einfach zu sein.

Locker zu handeln.

Es war drei Uhr in der Nacht.

Erschöpft von dem langen Flug und benommen von den ersten Eindrücken schliefen sie ein, Torsten mit dem Gefühl, in einem Film zu sein.

Er trieb ab.

Seine Fußsohlen berührten die aus dem Meer aufsteigende rote Scheibe. Es war heiß. Es war heller Tag.

Torsten glitt vom Bett. Es gluckerte.

Jan schlief noch.

Peter schlief noch. Peter schlief nackt auf dem Schlafsack, eine Hand am Sack.

Torsten betrat die Holztreppe zum Strand.

Er zählte die Stufen. Es waren dreiundfünfzig. Dann fünf Schritte zum Meer.

Zum Ozean.

Torsten ging hinein. Hinein in kristallblaues klares Wasser.

So etwas hatte er noch nie gesehen.

Er stürzte sich den flachen Wellen entgegen, schwamm eine kleine Strecke hinaus.

Später entdeckte er am Strand ein Richtungsschild: »Ironshore«. Hinter einem Felsvorsprung waren eine Bucht und eine Bretterbude, auf der »Fruits & Drinks« stand.

Er ging hin.

Vor der Bude hockte ein junges, halb nacktes Mädchen im Schneidersitz. Es trug eine Kappe mit silbernen Plastikflügeln.

»Grüezi«, begrüßte es ihn. »Komm mir nicht zu nahe. Ich gehöre zu dem Rastaman, er verjagt mich, wenn ich meine Tage habe. Niemand darf mich dann berühren.«

Torsten hob abwehrend die Hände und ging einen Schritt zurück.

»Gibt's hier was zu trinken?«

»Brauchst du ein Flugticket? Ich kann dir meins verkaufen. Swiss Air nach Zürich.«

7 Die Wohnung war gut geschnitten. Zwei ineinander übergehende Räume, Küche mit schönen holländischen Kacheln und einem Gasherd, Bad mit Wanne, Toilette, ein geräumiges Schlafzimmer.

Bonnie und sein Trainer und Kumpel Karate-Kalle schritten die Räume ab, Bonnie in Jeans und Jackett, Karate-Kalle im FC-St.-Pauli-Look, sauteure Laufschuhe an den Füßen. Er war einen Kopf größer als Bonnie, ein sehniger Typ, dem man den Kampfsportler nicht ansah. Was auch an einen Augen lag, samtig braun, melancholisch.

»Ein Schmuckstück«, sagte der Vermieter. Er war einer dieser aalglatten Schmierlappen, die bei allem und jedem ellenlange Erklärungen abgaben, endend mit »ein Schmuckstück«.

Bonnie wechselte mit Karate-Kalle einen Blick.

Karate-Kalle zog an den Fingern und ließ die Gelenke knacken. Sie standen noch einmal in dem zur Straße hin liegenden Wohnraum.

Obere Elbchaussee. Hauptverkehrsstraße, in beiden Richtungen stark befahren. Auch von HVV-Bussen.

»Käme infrage«, sagte Bonnie zu dem Vermieter. »Kostet?«

»Ein Schmuckstück«, sagte der Vermieter zum wer weiß wievielten Mal.

»Mach mich nicht rasend«, sagte Karate-Kalle.

»Lass den Mann seinen Preis nennen.«

»Jaja.« Der Vermieter hüstelte. »Also kalt, da ... da muss ich ... und das ist ja nun wirklich ein ... ich sage mal, bei Tausenddreihundert sind wir uns einig.«

»Einsdrei?«, fragte Bonnie nach. »In DM?«

»Ja – ja, natürlich, selbstverständlich.«

»Die Aussicht inklusive?«

»Die ... was bitte?«

»Der Blick. Der Blick auf die Straße.«

»Oh, ich ... ich verstehe. Aber gleich dahinter geht es zur Elbe runter. Das ist ...«

»Wenn man zu Fuß geht«, sagte Bonnie.

Karate-Kalle schnallte, dass es gleich so weit war.

»Er geht nicht gern zu Fuß«, sagte er.

»Achthundert«, sagte Bonnie. »Ich zahle achthundert bar auf die Hand, pünktlich am Monatsersten, mein Wort.«

Der Vermieter schüttelte heftig den Kopf.

»Das ist ... so eine Wohnung finden Sie ...«

»Abgemacht?« Bonnie nickte Karate-Kalle zu.

»Nein, also bitte. Das ist einfach unmöglich ...«

Karate-Kalle zog die Hamburger Acht hervor und legte dem Vermieter blitzschnell die Handschellen an, kettete ihn an die Heizung.

Der Vermieter schrie vor Entsetzen. Strampelte wild mit den Beinen.

Bonnie klebte ihm ein breites Pflaster über den Mund.

»Achthundert«, sagte er noch einmal. »Überleg es dir gut, wir kommen heute Abend wieder.«

Karate-Kalle nahm die Wohnungsschlüssel an sich.

8 In der WG war es ungewöhnlich ruhig. Nur Rolf war in seinem Zimmer. Als Ulrike es betrat, schlich sich jemand hinter ihr vorbei ins Bad. Sie bekam ihn kurz zu sehen. Ein Schlacks, pechschwarze Haare, hell schimmernde Augen, Dreitagebart, ärmelloses Unterhemd und Cargo-Hose. Gute Figur, sportlich.

Rolf zuckte die Achseln. Er legte ein Manuskript beiseite.

»Bernd – Bernie«, sagte er. »Der ›Genosse‹, unser Mister unbekannt. Juttas Lover. Jobbt in Schicht bei Blohm und Voss. Mehr kriegst du nicht zu hören. Aber er zahlt jetzt jedenfalls in die Haushaltskasse.« Er lachte ein leises Lachen. »Sie sind ziemlich heftig zugange, ich meine ...«

»Schon klar. Na ja, das muss ich auch nicht mehr haben. Ich zieh aus.«

Rolfs Augen weiteten sich. Es verschlug ihm die Sprache. Er schien den Tränen nah.

9 Jamaika, der dritte Tag: Sie war eine hochgewachsene junge Frau mit einem pockennarbigen Gesicht. Unter dem ölverschmierten Overall zeichneten sich ihre Brüste ab. Sie hatte ein hübsches Lächeln.

Sie lehnte an der blau gestrichenen Holzwand der kleinen Reparaturwerkstatt und rauchte einen Spliff.

»Sorry«, sagte sie. »Aber in der ganzen Stadt ist kein einziges Motorrad zu haben. In Kingston könntet ihr Glück haben, ist aber gefährlich.«

Peter machte eine wegwerfende Geste.

»Scheiß drauf«, sagte er.

»Fahren wir mit dem Bus«, sagte Jan. »Find ich ohnehin besser.«

»Heute fährt kein Bus mehr«, sagte die junge Frau. Sie nahm einen letzten Zug, inhalierte tief. »Wollt ihr Ganja, gutes Ganja, Sensimillia? Fünf Dollar.«

Jan wischte sich den Schweiß von der Stirn.

Zig Mückenstiche juckten ihn.

Die Sonne stand hoch am Himmel, brannte auf die Blechdächer der Bretterbuden herab, auf die festgetretenen, staubigen Wege dieses von der Küste abgewandten Viertels.

»Fünf Dollar?«

»Ich hole es. Ihr könnt die Qualität prüfen. Ist ein guter Preis.« Sie streckte die Hand aus. »Fünf Dollar«, wiederholte sie.

Jan war unentschlossen.

Auch Peter zögerte. Doch dann klaubte er einen Fünf-Dollar-Schein von seinem Bündel ab und steckte ihn der Frau zu.

»Wir warten«, sagte er.

»Food ist gegenüber«, sagte die junge Frau. »Ich komme ins Lokal.«

In der Kneipe waren die hölzernen Jalousien heruntergelassen und auf Kipp gestellt. Es gab zwei Tische und eine Menge Plastikstühle. Die Musikbox war vergittert, an den Wänden einfache Malereien und eine rot-gold-grüne Fahne.

»Die Farben Äthiopiens«, wusste Jan. »Heimat der Rasta. Ihr Land.«

Klugscheißer Jan. Peter stiefelte zum Tresen, orderte Red Strip und was zu essen. In den vergangenen Tagen hatten sie sich ausschließlich von Käsetoast, Chips, Bier und Ganja ernährt.

Ein Junge mit nacktem Oberkörper und Flipflops brachte zwei Schüsseln mit dampfender Suppe. Es war eine Brühe mit zähen Fleischstücken. Sie löffelten und kauten, und es schmeckte ihnen gut.

Plötzlich wurde krachend die Tür aufgestoßen. Die junge Frau stolperte in den Raum, fiel auf die Knie. Hinter ihr zwei trainiert wirkende Männer, dunkle Hosen, gestreifte Hemden, Patronengut und großkalibrige Pistolen im Halfter, Schlagstock. Polizei.

»Ihr habt Ganja bei dieser Frau gekauft!« Das war keine Frage. Das war eine schneidend scharfe Feststellung.

Jan wollte etwas erwidern.

Peter reagierte. Er stieß Jan kurz in die Seite und zischte: »Halt die Klappe.«

Scheinbar ungerührt aß er weiter, den Blick auf der Suppe.

»Ihr habt ihr Geld gegeben.«

Peter sah hoch, blickte den Polizisten nur einen Moment lang an, sagte nichts. Kein Muskel zuckte in seinem Gesicht. Jans Hände zitterten.

Die junge Frau zeigte auf Peter.

»Fünf Dollar!«, stieß sie hervor.

Einer der Polizisten schlug zu. Schlug ihr mit dem Stock auf den Rücken. Einmal, zweimal. Die Frau krachte bäuchlings auf den Boden. Niedergestreckt, hingestreckt.

»Der Handel mit Ganja ist verboten! Wird mit Gefängnis bestraft. Woher kommt ihr?«

Wieder setzte Jan zu einer Antwort an.

Und wieder hielt ihn Peter zurück: »Kein Wort!«

Die Polizisten rissen die Frau vom Boden hoch.

Sie wimmerte vor Schmerz.

»Ihr kennt sie!«

Peter nahm noch einen Löffel Suppe, kaute das Fleisch und spuckte einen Knorpel in die hohle Hand. Er sah, dass sich unter Jans Platz eine Pfütze bildete und stieß wie unabsichtlich die Bierflasche vom Tisch. Das Bier ergoss sich zu einer größeren Lache.

Sie gingen schweigend den Weg zum Meer, bis Jan es nicht mehr aushielt. Er blieb stehen.

»Sie haben sie geprügelt, vor unseren Augen!«

»Ja«, sagte Peter. Nicht mehr.

»Mensch, die landet im Gefängnis, die werden sie weiter prügeln, ihr was antun. Weil wir ihr Geld gegeben haben! Das macht mich fertig! Und du …« Er brach mit einer verzweifelten Geste ab.

»Ja?«, sagte Peter. »Und ich? Was ist mit mir? – Ich hab unseren Arsch gerettet, Alter! Das hab ich.«

»Auf Kosten dieser armen Frau.«

Peter lachte. Er konnte nicht anders. Er musste lachen.

»Arm? Woher willst du das wissen? Sie arbeitet in 'ner Werkstatt, sie hat Leute, für die sie dealt …«

»Das mein ich doch nicht!«

»Was dann?«

»Dass sie für uns fast totgeprügelt wird, Peter. Das haben wir – wir haben das auf dem Gewissen! Mein Gott!«

Peter fasste sich an den Kopf.

VIER

Eines Tages wird die Sonne sich verdunkeln
und der Mond sich in Blut verwandeln.
Eine Rasta-Prophezeiung

1 »The Harder They Come«

Der Film: Jimmy Cliff verliebt sich in ein junges Mädchen aus dem Kirchenchor. Doch da hat der Pfarrer seine Hand drauf. Er will die »Erblühende« selbst pflücken. Er betrachtet sie als sein Eigentum.

Jimmy bittet sie, sich zu entscheiden.

Er hat einen Song geschrieben.

Der Song werde ihn reich machen.

Er kann die Geliebte nicht dazu bringen, mit ihm fortzugehen. In der Werkstatt will man ihm sein Fahrrad nicht geben. Er streitet sich mit dem Handlanger des Pfarrers. Sie bedrohen sich gegenseitig mit Messer und zerbrochener Flasche. Sie kämpfen.

Jimmy zieht die scharfe Klinge mehrere Male über das Gesicht des Mannes. Blut fließt.

Rotes Blut auf dem goldgelben Sand, auf Jamaikas Strand, auf dem Strand vor dem Grün der Hügel.

2 Ingo legte die Beine hoch, den Telefonhörer am Ohr.

Er telefonierte mit einer Genossin, die an der nächsten Wochenendschulung auf Sylt teilnehmen wollte. Sie fragte nach den Übernachtungsgegebenheiten. Ingo griente in sich hinein. Bevor er aber auf die Frage eingehen konnte, klopfte es an der Tür seines Asta-Büros.

»Ich ruf dich zurück«, sagte er, legte auf und setzte sich aufrecht hin. »Ja, bitte?!«

Ein Mann trat ein. Ein gut aussehender, schlanker Mann mit einem markanten Gesicht. Ein Typ wie Clint Eastwood. Die Augen allerdings lagen in tiefen Höhlen. Müde Augen.

Der Mann war unrasiert. Er trug einen Jagdhut. Ein knielanger, dünner Mantel hüllte ihn ein. Er hielt die Hand vor den Mund, nieste und hustete.

»Entschuldigen Sie«, sagte er. »Dieses Sauwetter. Man möchte sonst wo sein, nur nicht hier.« Er zückte seinen Ausweis. »Hinnerk, Kripo Hamburg.«

Ingo straffte sich unwillkürlich. Er blinzelte.

»Was kann ich für Sie tun?«

»Ich suche einen jungen Mann, der angeblich hier studieren soll.«

Ingo faltete auf dem Tisch die Hände, unterdrückte ein Zittern.

»Da kann Ihnen nur die Verwaltung Auskunft geben.«

»Da war ich schon. Er ist nicht registriert. Jetzt sagt man mir, Sie könnten möglicherweise was wissen.«

»Ich?« Ingo schüttelte heftig den Kopf. »Typisch, das ist wieder mal typisch. Wenn die mit irgendwas nicht klarkommen oder auch nur Arbeit macht, heißt es: Geht zu Ingo, geht zu eurem ›Genossen‹!« Er wurde laut. »Diese Wichser! Pissen mich an, wo es eben geht! Sorry, aber das nervt mich echt. – Wie heißt er denn?«

Hinnerk hielt seinen Blick noch einen Moment auf den sich empört aufplusternden jungen Mann gerichtet. Er zog das Foto hervor, das die Mutter in Flensburg ihm nach mehrfacher Aufforderung widerstrebend überlassen hatte.

Er legte es Ingo hin.

»Rainer Strack. Einundzwanzig Jahre. Aus Flensburg.«

Ingo sah es sich an.

Das Foto zeigte einen nur mit einer Badehose bekleideten blonden Burschen mit sportlicher Figur, gut gebräunt. Im Hintergrund Strand und Dünen.

Ingo nahm sich jetzt Zeit.

»Nein«, sagte er dann. »Nein! Den hab ich nie gesehen.«

»Im letzten Jahr. Oktober.«

»Nein, ganz bestimmt nicht. Was ist denn mit ihm?«

»Eine Freundin aus Dänemark wollte ihn besuchen. Sie haben sicher davon gehört. Das in Winterhude tot aufgefundene Mädchen.«

»Ich ... nein. Nein. Ein ... ein totes Mädchen?«

»Wir haben es an die Presse gegeben. Es stand im ›Abendblatt‹ und in der ›Mopo‹, hat aber dummerweise nicht viel gebracht. Merkwürdig. Wir gehen eigentlich davon aus, dass sie hier auf dem Campus mehrere Personen nach ihrem Freund gefragt hat.«

Ingo lehnte sich zurück, schaute ins Leere, seufzte schließlich.

»Wenn ich ... wenn ich Ihnen irgendwie helfen kann ... ich kann mich mal bei unseren Leuten umhören, also bei den Jusos. Wie ... wie erreiche ich Sie?«

3 Jamaika, sechster Tag, abends: Sie waren froh, aus Kingston herausgekommen zu sein. Raus aus dem Lärm, dem Hupen und Klingeln und Geschrei auf den

Straßen und Plätzen, den jaulenden Polizeisirenen, weg von dem Gestank der Auspuffgase, den brennenden Mülltonnen und den schwelenden Autoreifen, den Barackensiedlungen, in denen die Rude Boys regierten, und weg vom Anblick der verfallenen und zerstörten Häuser am Stadtrand, den Abfällen und Exkrementen.

Sie waren im Viertel der Villen mit Pool oberhalb der Stadt. Häuser mit üppigem Vorgartengrün und gepflegten Rasenstücken. Bougainvilleenhecken.

Es dämmerte.

Von irgendwo war Benny Goodman zu hören. Sein Quartett: »Moonglow«. Ein amerikanischer Sender. Ein sentimentaler Sound.

Sie waren verdreckt, und die Klamotten klebten an ihnen. Jan hatte einen Sonnenbrand und heftige Kopfschmerzen.

Torsten hatte seit Tagen nicht kacken können.

Peter war stinksauer.

Er sah sich als den Einzigen, der Wasser, Säfte und Bier besorgte und auch mal ein paar Sandwiches und Spliffs. Obwohl sein Englisch nur rudimentär und grottenschlecht war, war er es, der mit den Dreadlocks und den freundlichen Mammas radebrechte und verhandelte. Und er lernte.

Jan entdeckte ein allein stehendes, nicht ganz so komfortables Haus, das nicht beleuchtet war und nicht bewohnt zu sein schien. Das Eingangstor war unverschlossen. Gebückt schlichen sie sich am Haus vorbei nach hinten. Als sie um die Ecke bogen, fauchte und kläffte ihnen eine große schwarze Bestie entgegen. Ein zotteliger Hund, ein bissbereiter Köter. Er war auf der Terrasse angekettet.

Er sprang in die Höhe, platschte zurück, kam federnd wieder hoch ...

Die Jungs rannten.

Sie rannten und rannten die Straße hoch.

Torsten brach mitten im Lauf zusammen.

Er heulte.

Er schrie.

»Scheiße! Verdammte Scheiße! Was war das für eine scheiß Idee?! Sonne, Strand und Reggae, alles easy! Alles easy! Das ist doch für'n Arsch! Ich will das nicht, ich will das nicht mehr, ich will nach Hause! Nach Hause!«

Jan kniete sich neben ihn, legte ihm den Arm um die Schulter.

4 Im Hinterzimmer des Clubs hockten Elvis, der Hesse, Gigi vom »Pizza Service« und Bonnie am Spieltisch. Sie hatten die Karten beiseitegelegt und gönnten sich einen Drink.

»Miami-Paul hat sich gemeldet«, sagte der Hesse. »Unser Viertel ist ihm momentan zu heiß. Aber er hat einen guten Preis für das Paket ausgehandelt. Fünfzig Mille. Ich schlage vor, jeder gibt in den Topf, was er flüssig hat. Der Stoff wird entsprechend aufgeteilt.«

»Korrekt«, sagte Elvis.

»Ich gebe zehn«, sagte Gigi und rechnete mit den Fingern irgendetwas aus.

»Und wer kontrolliert das?«, fragte Bonnie. »Das Aufteilen?«

»’ne Waage«, sagte der Hesse.

Elvis prustete. Seine Kippe flog zu Boden. Bonnie trat sie aus.

»Sind alle dabei«, sagte Gigi. »Alle, die einsteigen.«

Elvis fasste in die Innentasche seiner über den Griffen des Rollstuhls hängenden Lederjacke. Er knallte zwei Stapel Hunderter auf den Tisch. »Zwanzig Mille.«

Er hatte es kaum gesagt, als Gigi auf die Tischplatte klopfte.

»Dann auch von mir – zwanzig.«

Der Hesse rieb sich das fette Kinn. Er blickte zu Bonnie rüber, linste ihn aus seinen Schweinsaugen an.

»Bleiben noch zehn«, sagte er. »Die werfe ich in den Pott! Tut mir leid, Bonnie, aber da wirst du noch ein bisschen warten müssen.«

Bonnie lächelte ein huldvolles Lächeln. Fick dich! Er verließ die Runde und ging nach vorn zum Tresen.

Karate-Kalle unterhielt sich mit Gitti. Er war mit ihr liiert, tagsüber arbeitete sie in seinem Sportstudio, abends riss sie noch eine und auch mehr Schichten im »Chikago« als Tresenfrau ab.

Bonnie gab Kalle einen Wink, und sie gingen nach draußen. Bonnie bot ihm von seinen Zigaretten an. Er klickte sein Zippo auf.

»Ich hab da was im Blick«, sagte er. »Kein großes Risiko, bringt aber fette Kohle. Wir machen fifty-fifty.«

»Schon dabei«, sagte Kalle. »Um was geht’s?«

5 Bonnie kam überraschend früh in seine Wohnung an der Elbchaussee. Er stellte die McDonald’s-Tüten ab, küsste Ulrike und machte es sich neben ihr auf der Couch bequem. Ikea-Einrichtung, durchweg. Von Ulrike ausgewählt, nordisch, sachlich, praktisch.

Bonnie nahm sich einen Burger und legte sich die Frittentüte griffbereit. Eine Weile verfolgte er im Fernsehen die NDR-Reportage.

Ulrike zeigte auf den Schirm.

»Ha!«, lachte sie. »Sieh dir ihn an – Helmut Kügel! Mit dem will mich 'n Kommilitone bekannt machen. Wegen Kontakten.«

»Was für Kontakte?«

»Prominente und so. Er glaubt, das bringt mir was. Aber da hab ich echt keinen Bock auf.«

Bonnies Blick war auf dem Fernseher.

Kügel stand vor einem eingezäunten Grundstück auf dem Kiez. Direkt neben ihm ein Bauschild. Die Zeichnung eines fünfstöckigen Gebäudes, Wohnungen und Gewerbe. Siemers Bau.

»Ein Raum für Kultur«, erklärte er der Reporterin. »Wir müssen weg vom schlechten Image dieses Stadtteils.«

»Das ist gar nicht mal so übel«, sagte Bonnie.

Ulrike sah ihn fragend an.

Bonnie schaltete den Fernseher aus.

»Ich werd in Kürze meine Aktivitäten erweitern«, sagte er. Er schob den angebissenen Burger zurück in die Packung, wischte sich über den Mund. »Das ›Chikago‹ und die zwei Tanten, die da in den Steigen für mich ackern – geschenkt. Das ist mehr Stress als sonst was. Pissgroschen. Das bringt's auf Dauer nicht. Was ich dir jetzt sage, Rieke, das bleibt unter uns. Schwör es.«

»Ey …«

»Sieh mir in die Augen und schwör es. Es geht um uns beide.«

»Ich …«

»Rieke«, sagte Bonnie mahnend.

»Okay, okay – ich schwöre.« Sie legte die Hand aufs Herz.

Bonnie war zufrieden. Er zündete zwei Zigaretten an, reichte ihr eine.

»Es kommt zurzeit ’ne Menge Koks in die Stadt«, begann er. »Ich werde da einsteigen. Du kaufst ja deinen Stoff bei Gigi …«

»Ich …«

»Ich weiß es, ich weiß es, es ist okay, für mich ist es okay, es ist allein dein Ding. Aber …« Er hob die Stimme, »wir werden bald selbst genug haben. Mehr als dein bisschen Eigenbedarf. Ich will damit auf den Markt. Karate-Kalle zieht mit. Was ich brauche, was wir brauchen, sind Abnehmer, Leute, die echt gut bei Kasse sind und die drauf sind, verstehst du? Heiß auf das Zeug. Banker, Mimen, Werbefuzzis und was sich sonst noch so alles prominent schimpft, also die Kontakte.«

Er ließ Ulrike nicht aus dem Blick.

Sie sah in seine Augen. Sah seine Entschlossenheit.

Sie hatte verstanden.

Sie nickte.

6

»Schön, dich zu sehen«, sagte Monika. Sie wartete, bis ihre Tochter am Küchentisch Platz genommen hatte. »Trinkst du einen Tee?«

»Gerne.« Ulrike schüttelte Regentropfen aus ihrer Mähne.

Draußen schüttete es. Es war ein Sauwetter. Längst nicht mehr so kalt, aber auch noch keine freundlichen Tage. Monika setzte Wasser auf und stellte Tassen hin, Kandis und Sahne.

»Und, wie geht es dir?«

»Ich hab einen Job – im ›Chikago‹.«

»Am Tresen?«

»Auch«, sagte Ulrike. »Aber hauptsächlich kümmere ich mich um die Band und organisiere Gastauftritte. Das ist 'ne Menge Arbeit.«

»Kommst du denn dann noch zum Studieren?«

»Ich lass mir Zeit. Ich hab auch noch kein richtiges Thema.«

»Wolltest du nicht über die Geschwister Brontë schreiben? Warum sie unter Männernamen veröffentlicht haben. Find ich sehr interessant, gerade heute.«

»Ja, Ma – ja. Aber momentan habe ich das Gefühl, noch mehr erleben zu müssen. Sehr viel mehr.«

Der Tee war fertig.

Monika goss ein. Ulrike kramte ihre Zigaretten hervor.

»Gibst du mir eine?«

»Klar«, sagte Ulrike. Sie klickte ihr Einwegfeuerzeug an. »Ich dachte, du hättest es dir abgewöhnt.«

»Beim Arbeiten.«

Ulrike nickte. Einige Momente lang schwiegen sie. Tranken Tee, rauchten. Der Regen prasselte ans Fenster. Monika suchte den Blick ihrer Tochter.

»Darf ich dich was fragen?«

»Aber Ma – natürlich.«

»Dein neuer Freund ...«

»Bonnie«, sagte Ulrike. »Ja, ich kann mir denken, dass das für euch ein Problem ist.«

»Kein Problem. Nicht für mich. Ich wünsch mir nur, dass du glücklich bist.«

»Glücklich.« Ulrike machte eine zweifelnde Geste. »Glücklich. Was heißt das schon? – Wir verstehen uns gut. Ich mag ihn, ja. Ob das immer so sein wird, ich weiß es nicht. Ich weiß es wirklich nicht, Ma.«

Monika griff über den Tisch nach Ulrike Hand, drückte sie.

Der Anblick war ihr bekannt. Seit Jahren. Inmitten der auf dem Boden liegenden Plattencover stampfte und zuckte ihr Vater zu irgendwelchen Rhythmen aus den Kopfhörern. Er hatte die Augen geschlossen, sprach für sich die Texte mit.

Ulrike tippte ihm auf die Schulter.

Böhm wirbelte herum, riss erschrocken die Arme hoch.

Er schniefte.

Er wischte sich eine Spur weißen Pulvers unter der Nase weg. Er glotzte sie an. Mit flackerndem Blick. Sprachlos.

Auch Ulrike sagte nichts.

7 Jamaika, der neunte Tag: Als Torsten wach wurde, war es draußen noch dunkel. Er stand von seinem Schlafplatz auf und trat hinaus vor die Hütte.

Es war eine von einem guten Dutzend weiterer Behausungen, farbig bemalte Bretterbuden, mit Wellblech und Palmblättern bedeckt. Sie säumten den Bergrand.

Torsten erinnerte sich nicht genau, wann sie hergekommen waren. Er wusste nur, dass es eine lange Fahrt über holprige Wege gewesen war, bei der er total erschöpft auf der Ladefläche eines Pritschenwagens gelegen hatte.

Er hatte viel geschlafen seitdem.

Viel geträumt.

Immer wieder war seine Mutter in den Träumen aufgetaucht. Sie hatte ihre Hand auf seine Stirn gelegt. Ihm Tee eingeflößt.

Er hatte Fieber.

Sie hatte die durchgeschwitzte Bettwäsche gewechselt und ihm den Walkman in den Schoß gelegt. Hatte gesagt, dass sie ihn liebe.

Er hatte weinen müssen.

Das war ihm unangenehm, und er ärgerte sich darüber.

Er wollte es schnell vergessen.

Peter kam zu ihm nach draußen. Er klopfte ihm leicht auf die Schulter.

»Geht's wieder?«, fragte er.

»Glaub schon. Wo steckt Jan?«

»Drüben bei seinen ›Brüdern‹«, sagte Peter. Er deutete zu dem einzigen bescheidenen Betonbau mit einer breiten Veranda und schattenspendenden Kokospalmen. »Ist ja okay, dass uns diese Typen mit in ihr Dorf genommen haben, aber inzwischen gehen sie mir echt auf den Sack. Kiffen sich von morgens bis in die Nacht zu und machen ihren religiösen Singsang. Für Jan ist es echt das Größte. Aber – wenn du so weit fit bist, würd ich sagen, wir ziehen weiter.«

»Wo sind wir denn?«

»In den Blue Mountains, sagen sie. Ganz oben auf dem Gipfel soll man 'n gigantischen Blick über das Land haben.«

»Wie weit ist das?«

»Keine Ahnung«, sagte Peter. »Die Typen meinen, 'n Tagesmarsch sei das schon. Es gibt da 'ne Hütte.«

Torsten verzog unmerklich das Gesicht.

»Hast du noch Tabak?«, fragte er.

Peter kramte nach seinem Päckchen.

Ein Motorgeräusch war in der Luft zu hören. Es wurde lauter. Sie sahen hoch.

Ein einmotoriges Flugzeug zog im Sinkflug über sie hinweg und verschwand hinter dem an das Dorf grenzende Waldstück. Dann erstarb der Motor.

»Es ist gelandet!«, sagte Peter. »Mensch, der Flieger ist hier gelandet! Ganz in der Nähe. Komm, das will ich sehen!«

Was sie sahen, war eine extrem kurze Landebahn, von der die Einmotorige gerade wieder abhob. Und sie sahen fünf, sechs dunkle Gestalten, die sich einige große Ballen aufluden und damit im Buschwerk verschwanden. Gestalten, von denen Peter der festen Überzeugung war, dass es sich um Leute aus dem Dorf handelte.

»Und? Was war das für 'ne Aktion?«, fragte Torsten.

»He«, sagte Peter. »Ich denke, Waffen. In den Städten führen sie Krieg. Haben wir ja irgendwie mitgekriegt. Und was wir von den Rastas gehört haben ...«

»Ich weiß nicht ...«

»Wir hatten Glück, dass wir schnell aus Kingston raus sind und uns nicht in die Ghettos verirrt haben.« Er sah zu der schmalen, erdigen Landebahn, der Schneise in dem dicht bewachsenen tropischen Wald. Er räusperte sich, sah Torsten direkt an. »Könnten aber auch Drogen sein, echt jetzt. Kein Gras, das haben sie ja selbst. Aber Kokain.«

»Höre, höre, höre.«

Die mit flacher Hand und Handkante geschlagene Trommel. Die große Trommel.

Eins und ZWEI und drei und VIER.

Der Rhythmus. Der Herzschlag.

»Höre, es ist das Armageddon, das stattfindet unter der Schöpfung.« Das Blubbern der Wasserpfeife. Der aus dem Mund quellenden Rauch. »Am Anfang war nichts als ein Plan, die Idee des ICH.«

Eine heisere Stimme, raumfüllend.

Mehrere Stimmen.

»I – I and I, I and I, Rastafari!«

Die langen, verfilzten Haarzöpfe.

Strickmützen. Ballonmützen.

Laufschuhe aus Plünderungen. Markenschuhe.

Sweatshirts. Lacoste, das grüne Krokodil.

»Doch dann erhob sich Apaleon, der Teufel.«

Eine weitere Trommel, ein schnellerer Takt.

Der Rauch verdichtete sich.

»The devil, the devil, er behauptete, es gäbe das DU und das ICH. Der Teufel, der silberzüngige Teufel. Und von diesem Tag an gab es Zwist in der Welt.«

Eine große Trommel.

Eins und ZWEI und drei und VIER.

Eine kleine Trommel.

Und noch eine. Mit Sticks geschlagen.

Ein Trommelwirbel. Und der Rastaman verfiel in einen rhythmischen Gesang: »Und die Welt geriet auf Irrwege, o ja, Kriege kamen, und Kriege drohten, Völker erhoben sich gegen Völker, Mütter gegen Töchter, Väter gegen Söhne, o ja, kleine Kinder bekamen Kinder!«

Ein kehliger Laut.

Ein gepresster Schrei.

»Wehe, wehe, wehe, es ist das Armageddon, das stattfindet unter der Schöpfung.«

Der Rauch.

Der würzige Geruch des Ganja. Marihuana.

Heiliges Kraut. Tief in die Lungen gesogen.

Kiff, Kiff, Kiff.

Waberte aus Mund und Nasenlöchern. Verfing sich in dichten Bärten.

»Ich sehe Licht gegen Dunkelheit kämpfen, das Gute gegen das Böse, Recht gegen Unrecht, Knechtschaft im Kampf für Freiheit, o ja, o ja.«

Sich im Takt der Trommeln wiegende Körper.

Ein Händeklatschen.

Die eindringliche Stimme des Rasta.

Ein alter Mann. Ein zerfurchtes, ein faltiges Gesicht.

Glutaugen. Sein über viele Jahre gewachsenes Haar.

»Aber habt Geduld, Brüder, habt Geduld. Erinnert euch an die Verheißung der Erlösung. Ich sage: Gepriesen seien die Armen, denn sie werden das Erdreich erben.«

»Denn sie werden das Erdreich erben.«

Vielstimmig.

Der Rasta hob seinen Stab. Den Stab mit dem goldenen Knauf. Er wies den Weg. Den Weg in die Heimat. Den Weg nach Äthiopien.

»Gepriesen seien die Gedemütigten, denn sie werden neu geboren, o ja!«

»O ja, o ja!«

»Und die, die hungern und dürsten nach Gerechtigkeit, die allein sollen die Gesegneten genannt werden.«

Ein Knistern. Ein Knacken. Ein Gitarrenton.

Eine Basssaite.

... und eins und ZWEI und drei und VIER ....

Drums & Bass.

»Wehe aber über die Hirten, die meine Schafe vom rechten Weg abführen. Jeder, aber auch jeder wird seinen Lohn bekommen.«

»Jeder, ja, Mann! Jeder! Mit Feuer und Schwert!«

»Ja, Mann! Ja! Gebt ihnen das Gift, nach dem sie verlangen!«

»Jeder!«

»Ich höre, ich höre die Botschaft!«

»Babylon, du wirst fallen, denn da ist einer wie in einer Flamme von Feuer, dessen Namen ich euch nennen kann.«

»Sag ihn, o ja, sag ihn uns!

»Er, der die Tore der Verdammung und der Hölle erobern wird. Und sein Lohn ist Leben für die, die gut sind ...«

Gesang. Vielstimmiger Gesang aus jungen und alten Kehlen. Die Trommeln, der E-Bass und das heilige Kraut.

»Was aber die Heiden betrifft, in deren Herzen wird sein Name furchtbar und schrecklich sein. Die Nacht wird vergehen, der Tag wird kommen. Ich sehe JAH leuchten in der strahlenden Sonne.«

Jan kam blinzelnd auf die Veranda, ein wenig unsicher auf den Beinen. Er sah seine Freunde mit ihren Rucksäcken bereitstehen.

»Wir haben ’n Lift an die Küste. Sie müssen was zum Hafen transportieren«, sagte Torsten.

Peter machte nur eine Geste zu dem am Rand der Lichtung stehenden Pritschenwagen.

Auf der Ladefläche mehrere mit grobem Stoff umwickelte und verschnürte Ballen.

»Pack deine Sachen, der Fahrer will los.«

Jan musste husten.

»Ihr wollt ...«, brachte er heraus, »... ihr wollt ... wegfahren?«

»Ich will wieder mal im Meer baden, von mir aus auch ’n Hotel nehmen. Das tut uns allen gut.«

Jan kam zu ihnen heran.

Er fixierte Torsten aus seinen geröteten Augen.

»War es ... das, was wir ... was wir erleben wollten? Strandferien mit ... mit Hotelübernachtung?«

»Was spricht dagegen?«, fragte Peter.

»Ich hab ... hab Torsten gefragt. Das ist ... das ist Touri-Kacke!«

»Und ich hab nichts dazu zu sagen? Es geht nicht nur um dich, Alter!«

»Ich denke auch, wir sollten uns nicht stressen«, sagte Torsten. »Echt mal relaxen. Wir haben ja auch noch ’ne gute Woche vor uns.«

Jan hustete wieder. Auf seiner Stirn perlte Schweiß. Er sah nicht gut aus. Er sah total elend aus.

»Du willst ... ich ... ich dachte, ich hätte einen Kumpel. Einen Freund.«

»Jan ...«, setzte Torsten an.

»Das ist doch scheiße!«, unterbrach ihn Peter. »Voll Scheiße!« Er wandte sich an Torsten. »Das ist ’ne ganz üble Nummer, dich mit so was unter Druck zu setzen! Lass dich nicht drauf ein!«

»Ja, dann geht doch! Haut ab!«, sagte Jan. »Haut ab! Mach einen auf bequem, Torsten, kennst du ja auch nicht anders, wofür gibt’s ’ne Tante Bea …!«

»Hey! Hey!«, fiel Torsten ihm scharf ins Wort. »Halt die Klappe! Es reicht! Es reicht, verdammt noch mal. Wenn du bleiben willst und … ach, was weiß ich. Okay, zieh deinen Scheiß durch. Ich bleibe nicht. Ich will noch was sehen.– Wir treffen uns dann beim Abflug. Mo Bay ist das, vergiss es nicht! Airport Montego Bay …«

FÜNF

They know not what they've done
Jimmy Cliff, »The Harder They Come«

1 »The Harder They Come«

Der Film: Jimmy wird nach dem blutigen Streit gefasst und muss ins Gefängnis.

Er wird ausgepeitscht.

Nach seiner Entlassung kann er seinen Song dem allmächtigen Plattenboss vortragen: »The Harder They Come«.

Jimmy Cliff trägt bei der Aufnahme im Studio ein blaues Shirt mit einem gelben Stern auf der Brust. Er raucht einen Spliff. Er singt. Er singt mit einer Intensität, die den Plattenboss aufhorchen lässt.

Das ist es. Das ist der Song, der zum Hit werden kann: »Well, they tell me of a pie up in the sky, waiting for me when I die, but between the day you're born and when you die, they never seem to hear even your cry ...« Jimmys ganzer Körper ist Rhythmus, ist Musik.

Gekauft. Der Plattenboss legt Jimmy einen Vertrag vor. Jimmy liest ihn. Er fragt nach: »20 Dollar?«

Damit will er sich nicht abfinden lassen.

Er unterschreibt nicht und versucht auf eigene Faust zu erreichen, dass sein Song im Radio und in den Discos gespielt wird.

Doch ohne den Plattenboss mit seinem Label geht nichts auf Jamaika.

2 Jamaika, der neunte Tag: Der Fahrer ließ sie an einer Busstation am Stadtrand aussteigen. Sie dankten ihm und verabschiedeten sich.

Torsten schleifte seinen Rucksack zum Unterstand.

Peter sah dem Pritschenwagen mit den verschnürten Ballen auf der Ladefläche hinterher. Der Wagen bog auf die zum Hafen führende Straße ab.

»Die transportieren das Zeug zu den großen Dealern«, sagte er, als er zu Torsten in den Schatten gekommen war. »Heilige Männer!«

»Ich bin echt sauer«, sagte Torsten. »Wetten, dass es nachher heißt, ich hätte ihn hängen gelassen?«

»Das soll mal einer sagen. Das ist allein sein Ding. Scheiß drauf!«

Torsten trat etwas Straßenschotter weg, stampfte mit dem Fuß auf.

»Ja, fuck! Verdammte Kacke!«

3 »Sie haben den Ingo nach dem toten Mädchen gefragt«, sagte die Studentin, »und nach dem Freund.«

»Ja«, bestätigte Hinnerk. Die junge Frau hatte sich telefonisch bei ihm gemeldet und gebeten, sich mit ihr zu treffen. Sie habe etwas über den Asta-Vorsitzenden mitzuteilen. Ins Präsidium zu kommen, mache ihr Angst. Hinnerk hatte nicht nach dem Grund gefragt. Er glaubte, ihn zu kennen. Die aktuelle Lage. Die RAF. Die neue Generation. Die Kontrollen, die Fahndung. Zugriffe. Die Paranoia.

Er war froh, überhaupt etwas aus der Uni zu hören.

»Ingo ist ein Schwein.«

Hinnerk setzte den Kaffeebecher ab. Ließ es sacken.

»Ich höre«, sagte er dann.

»Ich wusste es, ich wusste es von meinen Kommilitoninnen, ich habe es zigmal gehört: Lass dich von dem Typ nicht bequatschen, egal was er dir verspricht. Das ist alles nur Gerede, der will mit dir ... der will einzig und allein mit dir in die Kiste. – So war's dann auch. Ich könnte heute noch kotzen.«

Sie knibbelte an dem Zuckertütchen herum, senkte den Blick.

»Sabine – darf ich Sabine sagen?«

Sie nickte.

»Sabine ...«

»Ja ...?«

»Hat er Sie gezwungen? War er ... war er gewalttätig?«

»Er war ... es war eklig.«

»Können Sie darüber reden?«

Sabine lehnte sich auf ihrem Stuhl zurück, schien sich noch einmal zu vergewissern, dass sie die einzigen Gäste in dem Eckcafé waren, und schluckte trocken.

»Das kann ich«, sagte sie. »Aber das bringt nichts. Ich bin freiwillig mit ihm ... es war schnell vorbei. Ich war nicht mal betrunken.«

Hinnerk hob kurz die Augenbrauen. Er klopfte eine Lucky aus dem Päckchen, klackte das Zippo auf. Er rauchte. Er schwieg.

Er betrachtete Sabine.

Sie war schmal und schlicht gekleidet. Ein brauner grobmaschiger Pullover. Eine Hose in Schottenmuster, knöchelhohe Schuhe mit flachem Absatz.

Sie hatte ein spitzes Gesicht und dunkelbraunes gelocktes Kurzhaar. Ein nervöses Zucken der Augenbrauen.

»Das gibt uns allerdings keinerlei Handhabe«, sagte Hinnerk. »Tut mir leid.«

»Ich weiß.« Sie machte eine unwillige Geste. »Aber was danach war, wird Sie interessieren. Ingo will ... also er verlangt, dass man was von sich gibt. Ein ›Erinnerungsstück‹ für ihn. Am liebsten möchte er was ... einen Slip, einen BH, Taschentücher oder auch nur eine Haarsträhne, eine Locke. Das ist ... das ist echt pervers.«

»Ja«, stimmte Hinnerk zu. »Aber auch damit ...«

»Ich bin mir sicher, dass Ingo auch dieses Mädchen in seiner Bude hatte. Der hat sie auf dem Campus angemacht und ihr wer weiß was versprochen, und dann ... dann ist was schiefgelaufen, und er hat sie ...« Sie schluckte.

Hinnerk hob die Hand.

»Das vermuten Sie ...«

»Ich bin fest überzeugt, dass Sie bei ihm irgendwas von ihr finden werden.«

4 Er war jung und kräftig, und er hatte in Trench Town aufseiten der Amerika zugewandten Oppositionspartei gekämpft. Ein Rude Boy, ein harter Hund. Er war geübt in der Handhabung von Messer und Pistole, Knüppel und MP aus den Waffenlagern der CIA. Gelegentlich heuerte er auf einem Frachter an, war drei Wochen und auch länger unterwegs und konnte von dem Lohn seine Mutter und die drei jüngeren Geschwister unterstützen.

An diesem Tag hatte die »Gloria« im Hamburger Hafen festgemacht, und der Rude Boy war mit weiteren Männern der Besatzung an Land gegangen.

Er hatte einen Auftrag. Ein Ziel.

Das war ihm eingehämmert worden.

Der Weg dorthin war für ihn kein Problem.

Er war fix im Kopf und konnte sich schnell orientieren.

Alles lief bestens.

Als er das »Chikago« am Hans-Albers-Platz wieder verließ, war er guter Dinge und zündete sich einen Joint an. Er fädelte sich ein in den Strom der Menge, der Männer, die Kneipen, Bars, Restaurants und auch die Frauen in der Herbertstraße aufsuchten.

Eine miniberockte Frau auf hohen Hacken stellte sich ihm in den Weg und sprach ihn an. Er überließ ihr den Joint, schlängelte sich an ihr vorbei und ging weiter.

Merkte nicht, dass ihm jemand folgte.

Er ging an einer Baustelle vorbei zur Bernard-Nocht-Straße hoch. Zur Treppe, die nach unten führte. Er musste noch in ein Tonstudio am Fischmarkt und abliefern. Sich bezahlen lassen.

Auf der Treppe war niemand, und den dunklen Schatten, der von hinten auf ihn fiel, bemerkte er nicht. Er verspürte nur noch einen stechenden Schmerz.

Der Angreifer trug dunkelbraune Trainingsklamotten mit einem »FC St. Pauli«-Emblem und eine Pudelmütze mit Sehschlitzen, die über das Gesicht gezogen war. Er fing den bewusstlos in sich zusammensackenden Mann auf, zog unter dessen Jacke einen prall gefüllten Umschlag hervor, blickte kurz hinein und schien zufrieden zu sein.

Dann seufzte er, sah sich um und bearbeitete sein Opfer mit gezielten Tritten an Kopf und in die Rippen.

5 Jamaika, der zwölfte Tag, mittags: Ocho Rios. Das Hotel lag direkt am Meer: »Ocean Palm«. Ein breiter Strand mit gepolsterten Liegen. Palmen und eine Bar. Im Hotel ein klimatisiertes Restaurant, American Breakfast, internationale Küche.

Der Preis für das Doppelzimmer mit Bad betrug fünfundzwanzig Dollar, zu viel eigentlich für ihr Budget.

»Was soll's?«, meinte Peter. »Ich brauch das.« Er dachte an das breite Bett, in dem er die letzte Nacht vor der Abreise verbracht hatte. Das zerknautschte Laken, den Champagner. Das wollte er nicht mehr. Es war zu stressig geworden. Er kam sich auch schäbig dabei vor.

Torsten zögerte.

»Okay«, sagte er dann.

Sie belegten ihr Zimmer, duschten und orderten an der Strandbar Rum Punsch, den schon im Flieger servierten Drink. Sie kippten ihn und kippten noch einen. Sie stürzten sich ins Meer, bespritzten sich gegenseitig und alberten herum. Sie machten es sich auf den Liegen bequem, rauchten Gras und genehmigten sich noch ein Getränk.

Sie weckten das Interesse einiger weiblicher Gäste, langbeinig und superschlank in Bikinis und geilen Einteilern.

Die Abenddämmerung tauchte die grünen Gipfel der Berge in ein mildes Licht. Es wirkte wie gemalt.

Traumhaft.

6 Hamburg meets Britain.

Der Rock Circus begrüßt Neil Landon und Eric Burdon im »Chikago«.

Gäste: Eingang linke Seite.

Es war kühl, aber es regnete nicht. Die ganz harte Zeit schien vorüber zu sein. Auf dem Hans-Albers-Platz standen die Leute in Gruppen zusammen, rauchten, tranken Bier aus der Flasche. Warteten auf den Einlass.

Ingo wieselte nach vorn, hielt eine Einladungskarte hoch. Er hatte am Nachmittag einen Termin bei einem angesagten Friseur in Harvestehude gehabt und einen Zwanziger für ein bisschen Schneiden und Föhnen hingelegt. Für die »Chikago«-Nacht hatte er sich lässig in Jeans und Windjacke gekleidet.

Er legte die Karte vor. Sie war auf »Helmut Kügel, SPD Hamburg-Mitte« ausgestellt.

Ulrike warf nur einen kurzen Blick drauf. Sie hatte die Einladung selbst getippt.

»Das gilt nicht«, sagte sie. Sie gab Ingo die Karte zurück, winkte ihn beiseite, um die nächsten Gäste abzuhaken.

Ingo protestierte: »Das macht Helmut immer so. Wenn er verhindert ist, gibt er es an mich. Du, ich komm überall rein. Du kennst mich doch.«

»Genau«, sagte Ulrike. »Warte gefälligst.«

»Das ist ...«

»Du kannst auch gehen!«

Sie begrüßte einen NDR-Kollegen ihres Vaters, gab der Pressesprecherin der WEA und ihrer Begleitung den Weg frei. Sie warf einen Blick ins Lokal. Bonnie stand mit den beiden Tresenfrauen hinter der Theke, schenkte ihr ein Lächeln.

Ulrike wandte sich wieder an Ingo.

»Na gut«, sagte sie. »Ich lass dich ausnahmsweise rein, aber drängel dich ja nicht zur Bühne durch. Du schuldest mir was.«

Das Licht wurde gedimmt. Spot an.

Ein Riesenapplaus. Anfeuernde Rufe, Pfiffe und Johlen. Die Band kam auf die Bühne, der Rock Circus. Piano, Bass und Drums, Tenorsaxofon und Flöte und an der Gitarre der Initiator der Mitternachtsgruppe: Hannes, der flinke Finger, mit Schnauz und dunkler Brille.

Der Pianist hämmerte schon in die Tasten: »Chikago Rock«.

»Chikago! Chikago! Chikago!«

Elvis donnerte mit der Faust auf den Tisch. Gläser und Flaschen klirrten aneinander. Eine ausgedrückte Kippe hüpfte aus dem Ascher. Gigi zuckte erschrocken zusammen. Das Gesicht des Hessen war ausdruckslos. Bonnie stand mit dem Rücken zur Tür.

»Diese Wichser!«, brüllte Elvis. »Bin ich etwa schuld, dass man dieses scheiß doofe Arschloch ausgemistet hat? Wir haben ihm keinen Schutz gegeben, ja und? Wollte er das? Hat er drum gebeten? Nein, hat er nicht! Hat er nicht!! Wackelt wie 'ne Schwuchtel mit seinem Hintern und tänzelt hier raus! Aber jetzt wollen sie die Fünfzigtausend noch mal! Drohen mir! Wollen mir auf die Pelle rücken. Mir! Hier, in meinem Laden!« Er zündete sich eine Kippe an, paffte ein paar Züge und kippte seinen Whisky runter.

»Das klingt nicht gut«, sagte der Hesse.

»Scheiße«, sagte Gigi.

»Die Angels«, sagte Elvis und blickte zu Bonnie. »Sag jetzt nichts, Bonnie, sag nichts. Ruf einfach die Angels. Die sollen bei diesen Wichsern einfliegen.«

»Kein Problem«, sagte Bonnie.

»Das sehe ich anders«, sagte der Hesse. »Miami-Paul hat den Deal eingefädelt, er kennt die Leute. Wir müssen das gemeinsam mit ihm klären. Vielleicht gibt es einen Kompromiss.« Auch er warf Bonnie einen Blick zu. »Ohne hauen.«

Ingo stand eingezwängt am Tresen und bemühte sich, der Frau am Zapfhahn zu signalisieren, dass er ein weiteres Bier ordern wollte. Sie wurde »Gitti« gerufen, trug Shorts über einer pinkfarbenen Strumpfhose und einen gerippten Rollkragenpullover. Jeder ihrer Fingernägel hatte eine andere Farbe.

Ingo klopfte mit seinem leeren Glas aufs Holz.

»Gitti!«, rief Ingo. »Gitti-Titti, lass hier mal die Luft raus.«

Der Typ neben ihm blickte ihn aus schmalen Augen an. »Bock auf 'ne Klatsche?«, sagte er.

Ingo hob beschwichtigend die Hand und ließ frisches Bier ein frisches Bier sein. So fix wie eben möglich drängelte er sich zu den Toiletten durch. Auf dem Gang sah er, dass die Tür zum Hinterzimmer geöffnet wurde.

Ingo erhaschte einen Blick auf den stadtbekannten Elvis und den in der Szene berüchtigten Hessen.

Bonnie kam heraus.

Bonnie und ein Fettsack mit einer roten »Gigi«-Kappe. Der Typ steckte Bonnie ein Briefchen zu. Sie klopften sich gegenseitig kumpelhaft auf die Schultern.

Ingo schnaubte bitter.

Er dachte an Ulrike, die sich an Bonnie geschmissen hatte, zweifelsfrei. Mit dem sie vögelte.

Eric Burdon wischte sich mit einem Handtuch den Schweiß vom Gesicht, trank einen Schluck Bier. Griff sich erneut das Mikro. Und die Menge tobte.

Einsatz Gitarre und Schlagzeug.

Zwei, drei, vier Takte.

Saxofon.

Kräftiger Ton, jaulend, jammernd.

»I was born in a dump«, sang Eric und marschierte leicht nach vorn gebeugt über die Bühne. »My mother died, my daddy got drunk, they left me here, to die or grow, in the middle of Tobacco Road ...«

Tobacco Road, Tobacco Road.

Tabakstraße, Straße des Elends.

Tobacco Road.

Es ist Nacht auf St. Pauli, es ist Nacht auf den Straßen, »... ich rede über die Straße, ich rede über diese Straße, jeder hat eine Straße ...« Sie führt zurück in die Vergangenheit, in die Kindheit, in die Jugend, sie ist gepflastert mit Erinnerungen ...

... an den Elbstrand, erinnerte sich Ulrike, an die herumtobenden Hunde, vor denen sie Angst hatte, an den Weg zur Schule, die Rotfuchs-Rotfuchs-Rufe, Kupferdach, schwer dran zu tragen, an die erste Menstruation, fiebrige Hitze ... o weh und ach, blödes Kupferdach, das böse Lachen, Rotfuchs-Rotfuchs, rote Hexe ... die Wut ... eine immer noch glimmende Wut ...

... jeder geht seinen Weg, verlässt das Haus ... nach Wien im Cabrio ... Jauchzen und Tränen ... ein Schiff legte ab ... Ferien in England, mit dem verrückten Typ, wie hieß er noch? Mit ihm auf dem Motorrad die Küste entlang, die Nächte in abgelegenen Cottages ... bist du glücklich? Glücklich, glücklich ... Barcelona von Mitternacht bis zum frühen Morgen, der Flamenco, die Kastagnetten, das Tier mit den zwei Rücken, wo gelesen? Sie wusste es nicht mehr, Herzstiche, Herzschmerz unter der leichten Decke aus Freude und Lebenslust, was willst du? Was willst du werden ... wo landest du, leicht wie ein Vogel ...?

... so gehe denn ein jeder seinen Weg ... »Road, Road, Road, Tobacco Road ...« Ein schnellerer Takt, das antreibende, das anklagende Saxofon.

Eric Burdon keuchte. Er litt unter Asthma.

Doch er brachte es zu Ende.

Schweißgebadet.

In Hamburg graute der Morgen.

Ein neuer Tag brach an. Mit Schneematsch.

7 Jamaika, der vierzehnte Tag, später Abend: Torsten lag mit dem Rücken zum Meer auf der gepolsterten Liege und schaute auf die sich hinter dem Hotel dunkel abzeichnenden Berge. Von fern waren dumpfe Trommelschläge zu hören.

Torsten hing seinen Gedanken nach.

Er dachte an Jan.

Peter hockte mit untergeschlagenen Beinen neben ihm im Sand. Er trug ein im Ort gekauftes neues Hemd, kurzärmelig, englischer Schnitt, made in Hongkong. Es saß super.

Er trank eine Cola.

Er rauchte. Er rauchte Gras.

Torsten wedelte den Rauch von sich weg. Und auch die Mücken. Der Rauch verzog sich, die Mücken kamen zurück.

»Dieser Arsch«, sagte Torsten. »Wir kennen uns seit dem ersten Schuljahr. Jan und ich, wir sind Freunde, wir haben uns immer aufeinander verlassen können und jetzt ...«

»Lass es.«

»Wir hätten bleiben sollen.«

»Meine Fresse«, sagte Peter genervt. »Und? Und was dann? Rund um die Uhr zugedröhnt und allmählich verblödet ...«

»Du rauchst doch auch.«

»Klar.« Peter paffte ein paar Züge. »Aber ich halt's unter Kontrolle.«

»Jaja – schön, schön für dich.« Torsten setzte sich auf. »Du kapierst es nicht, du schnallst einfach nicht, wie das ist, wenn dich 'n Freund enttäuscht.«

»Jeder ist für sich selbst verantwortlich.«

Torsten klatschte nach einer Mücke.

Irgendwo in der Nähe wurde gekichert. Wurde getuschelt. Es war schon zu dunkel, um etwas erkennen zu können.

»Weißt du was?«, meinte Torsten. »Es tut mir wirklich leid, wenn ich das so sage. Aber wie du dich verhältst, Jan und auch mir gegenüber, das find ich echt scheiße! Da gibt's keine Gemeinsamkeiten ...«

»Hab ich auch nie von gesprochen. Du wolltest, dass ich mitkomme, schon vergessen?«

Torsten senkte den Kopf, presste die Lippen fest aufeinander. Er glaubte, dass die Trommeln immer lauter geworden waren. Dass man sie jetzt direkt an seinem Ohr schlug.

8 Hinnerk erwachte. Als er vom Bett aufstand, schlug auch Barbara die Augen auf und kam hoch.

»Teufel auch«, sagte sie. »Jetzt bin ich doch geblieben.«

»Wir haben einen zu viel getrunken.«

»Einen? Ich sehe eine nur noch ’ne halb volle Flasche.«

Hinnerk machte eine wegwerfende Geste.

Er ging ins Bad, rasierte und duschte sich.

Barbara nestelte an ihrem spitzenbesetzten Body, schwarzer Satin. Ihr Arbeitsoutfit.

Hinnerk schlang die Arme um sie.

»Ich danke dir«, sagte er.

»Du bist der Kunde«, sagte sie. »Du zahlst.«

Hinnerk küsste sie.

»Wir können noch irgendwo frühstücken«, sagte er. »Ich hab mir für heute frei genommen.«

»Übertreib es nicht. Wir sind kein Paar, mein Lieber. Und ich muss schnellsten meine Kleine abholen und zur Schule fahren.«

9 Ingo Puschners Adresse war ein Altbau in Eimsbüttel, Henriettenstraße 67, fünfter Stock, Dachgeschoss. Seine Nachbarin bat Hinnerk herein. Er nahm auf einem der Küchenstühle Platz. Sie bot ihm einen Kaffee an, den er nicht ablehnte. Schwarz, ohne Zucker.

Sie hatte ihm auf den ersten Blick gefallen, war groß und schlank, hatte das tiefschwarze Haar zu einem

Pferdeschwanz gebunden. Sie war ungeschminkt. Hinnerk schätzte sie auf Anfang, Mitte dreißig. Lange Beine, straffer Po und kleine Brüste unter einem hellgrauen Trainingsanzug.

Wolf, Annette Wolf.

Offen, herzlich.

»Danke«, sagte Hinnerk. »Es geht um Ihren Nachbarn. Um Ingo Puschner – wir gehen einem Hinweis nach.«

»Hat er was verbrochen?« Sie schenkte den Kaffee ein, setzte sich Hinnerk gegenüber und winkelte ein Bein an, zog es an den Körper.

»Es besteht der Verdacht, dass er Kontakt zu einer terroristischen Gruppierung hat.«

Die Wolf schüttelte den Kopf.

»Der ist doch in der SPD, hat da auch irgendeine Funktion, soviel ich weiß. Aber Terroristen ... Sie meinen die RAF?«

»Politisch Radikale.«

»Nein«, sagte sie entschieden. »Nein, das glaube ich nicht. Das kann ich mir auch nicht vorstellen. Die Kontakte, die er hat, sind ... na ja, die sind jedenfalls nicht kriminell.«

»Sondern ...?«

»Ich will nicht groß über ihn herziehen, aber er ... er bestellt sich regelmäßig eine ... Professionelle. Das brauchen gewisse Männer offenbar.«

Hinnerk senkte unwillkürlich den Blick. Glaubte Verlegenheit, Scham oder so was zu verspüren ... er faltete die Hände, mein Gott. Albern, total albern war das.

»Ja«, sagte er. »Das ist wohl so.«

»Man hört das schon im Flur. Die hohen Absätze. Und Ingo … ich krieg das nun ja zwangsläufig mit, unsere Wohnungen sind nebenan nur mit einer Spanplatte getrennt, und wenn ich da auf der Couch liege …«

»Das ist für uns nicht von Interesse«, unterbrach Hinnerk sie. Er räusperte sich. »Sorry. Aber vielleicht haben sie auch mal andere Gespräche mitbekommen. Mit ausländischen Personen vielleicht, aus Nachbarländern. Holland, die Schweiz – Dänemark?«

»Ich … ich weiß nicht. Möglich ist es. Es kommen ja auch immer wieder mal Studentinnen, wenn irgendwelche Parteiveranstaltungen sind … doch, ja. An eine – ich glaube, eine Holländerin war das, da kann ich mich erinnern, aber das ist schon länger her.«

»Haben Sie sie gesehen?«

»Nein, das nicht. Ich spionier Ingo ja nicht hinterher. Ich hör nur was, wenn ich nebenan bin, so Wand an Wand.«

»Tja, das ist in unserem Fall äußerst bedauerlich. Das hätte uns bei der Klärung des … des Verdachts sehr geholfen.« Er nahm noch einen Schluck Kaffee. »Könnte es vielleicht auch ein dänischer Akzent gewesen sein?«

10 Jamaika, der fünfzehnte Tag. Torsten frühstückte gestückelte Ananas, Mango und Papaya. Er saß allein auf der Terrasse, war in Gedanken versunken. Er hatte schlecht geschlafen.

Jan – Jan, immer wieder Jan. Wie es ihm ging, wie er sich fühlte.

Zig Bilder blitzten bei ihm auf. Die langen Wochenenden, Sommernachmittage im Freibad oder an einem der

Seen. Radtouren. Ausflüge. Jan immer vornweg. Der Initiator. Der Macher. Die Wochenenden bei seiner Family draußen auf dem Land. Obstkuchen und Grillabende. Die Plattensammlung seines Vaters.

Und Ulrike.

Ulrike beim Sonnenbaden im Bikini. Sie war schön, so verdammt schön. Es tat weh, dass sie ihn nie groß beachtet hatte.

Er hatte Kopfschmerzen.

Peter tauchte auf, den Kaffeebecher in der einen Hand, in der anderen eine Kippe, Filter, Benson & Hedges.

»Hör zu«, sagte er grußlos. »Ich war genervt, ich hab's nicht so gemeint. Vorschlag: Wir nehmen uns ein Taxi und fahren zurück in das Dorf. Sehen nach Jan, schleppen ihn einfach wieder mit. Was hältst du davon?«

»Das ist ... ist das dein Ernst? – Wie kommt's?«

Peter trank einen Schluck, setzte sich zu Torsten an den Tisch.

»Ich hab drüber nachgedacht, okay? Er ist allein, er ist diesen Rastas praktisch ausgeliefert, und bei den Geschäften, die die machen – das kann böse enden, da will ich nicht dran schuld sein.«

Torsten atmete tief durch, fixierte ihn. Auf Peters Gesicht zeichnete sich nichts Trügerisches ab.

»Echt jetzt?«

»Wir ziehen nur gemeinsam weiter. Sind ja ohnehin nur noch ein paar Tage.«

Vor dem Hotel wartete ein gutes Dutzend Fahrer auf Gäste. Sie stürmten heran und riefen ihre Angebote: »Visit Point!« – »Visit Point!« – »Best Point!«

Peter wandte sich an den vermeintlich jüngsten Fahrer. Er war schlicht gekleidet und machte einen vertrauenswürdigen Eindruck.

»Die Falls«, bot er an. Die Wasserfälle.

»In die Berge«, sagte Peter. »Ich zeig den Weg. Was ist der Preis? Was kostet das?«

»Zwanzig Dollar, jede Strecke. Zwanzig US-Dollar.«

Peter vergewisserte sich, dass Torsten zustimmte.

Torsten war schon im Begriff, in den Wagen zu steigen. Einen Uralt-Ford, die Sitze zerschlissen, am Rückspiegel baumelte ein Foto von Bob Marley.

Der Fahrer ließ sich nicht davon abbringen, sie erst zu den Wasserfälle zu fahren. Er hieß Richie und sprach auch ein paar Brocken Deutsch.

Also machten sie einen Stopp bei den sie nicht sonderlich beeindruckenden Fällen. Stiegen aber mit einigen anderen Reisenden Stufe für Stufe unter dem über sie herabrauschenden Quellwasser auf.

Oben eine Bude mit Getränkeangebot.

Bier, Fruchtsäfte. In Plastikbeutel geschabtes Eis, aufgefüllt mit Sirup. Auch Sandwiches.

Ganja, Ganja wurde angepriesen. Spliffs.

Auf an die Bude genagelten Handzetteln weitere Touren zu besonders attraktiven Stränden. Zu Bars und Villen. Zu den heiligen Männern, den Dreadlocks, den Rastas.

»Genau«, sagte Peter zu Richie. »Dahin geht's.« Er klopfte auf den Zettel.

Auf einem Plakat die Ankündigung eines Festivals: »Montego Bay. Reggae Sunsplash: Get up, stand up. Mit Burning Spear, Third World, Peter Tosh und Bob Marley.

»Wahnsinn«, sagte Torsten. »Das ist genau zwei Tage vor unserem Rückflug. Da können wir noch hin!«

Peter nickte zustimmend.

Richie steuerte den Wagen über einen staubigen Lehmweg, über vereinzelte Steinbrocken. Über loses Buschwerk.

Er redete. Er lachte. Ließ die Linke aus dem Fenster baumeln, lenkte mit der Rechten.

Peter war auf die Strecke konzentriert.

Hatte anfangs kein Problem.

War sich dann aber bei einer Abbiegung in die Wälder nicht sicher. Richie beteuerte, den Weg zu kennen. Er fuhr einige Kilometer, musste vor umgestürzten Bäumen stoppen und zurücksetzen. Zeit verging. Viel Zeit.

Der Motor ruckelte, erstarb.

Richie bekam ihn nicht wieder gestartet.

Sie steckten in den tropischen Wäldern der Insel fest.

SECHS

Walking down the road
With an old blade in your hand,
Johnny too bad, that's what they say
The Slickers, »Johnny Too Bad«

1 »The Harder They Come«

Der Film: Jimmy kommt zerknirscht zu dem Plattenboss zurück, unterschreibt den Vertrag und nimmt die zwanzig Dollar.

Der Plattenboss gibt den Song frei. Die Single wird im Radio und in den Diskotheken gespielt. Hat einen guten Rhythmus, einen guten Beat. Kommt gut an.

Jimmy ist high.

High, high and higher.

Er kleidet sich neu ein.

Farbiges Hemd, weiße Ballonmütze und Sonnenbrille.

Er lebt jetzt mit der jungen Frau zusammen, die der Pfarrer für sich beansprucht hatte. Er kauft ihr ein Kleid. Er verspricht ihr »einen großen Abend«.

Doch die zwanzig Dollar sind schon ausgegeben.

Mehr Geld wird er für seinen Song nicht bekommen.

Ein tougher Brother gibt Jimmy die Chance, beim Verkauf von Gras einzusteigen. Fette Spliffs werden gebaut und in Kneipen und Diskotheken gedealt.

Und überall ist der Song zu hören: »The Harder They Come«. Sein Song.

Jamaika tanzt Reggae, landauf, landab.

Der Job auf der Straße bringt nicht viel. Das Geld reicht gerade mal für zwei unter der Hand erworbene Revolver.

Während das Militär Marihuana-Felder abfackelt, nimmt in den Bergen ein Propellerflugzeug einen Sack mit dem Kraut auf, fliegt Florida an und wird abgefangen.

Nicht weiter schlimm, heißt es in der Szene.

»Zwei sind durchgekommen«, kommentiert der toughe Brother beim Billardspiel.

»Irgendwer macht 'ne Menge Geld«, sagt Jimmy. »Und das sind nicht wir.«

Er ist bereit, das zu ändern.

2 Jamaika, der fünfzehnte Tag, früher Abend: Sie hockten auf einer Grasnarbe, mit dem Rücken an den schrottigen Wagen gelehnt und rauchten, was Richie ihnen zurückgelassen hatte.

Peter sah einer Rauchwolke nach, die langsam zerfaserte. Es war eine Weile her, dass Torsten ihn was gefragt hatte.

»Irgendwann«, sagte er jetzt.

»Es wird bald dunkel.«

»Hm«, machte Peter.

»Ich versteh nicht, wie jemand 'ne Tour annimmt und zu wenig Sprit hat.«

»Kommt vor. Öfter, als du denkst.« Peter kicherte in sich hinein, schlug sich auf die Schenkel und wurde plötzlich quicklebendig. »Wir haben mal ein Taxi abschleppen müssen, wo der Gast von Kiel nach Paris wollte, eine Frau, total aufgebrezelt. Da hat der Fahrer auf nichts anderes mehr geguckt, und schwupp, war die Tankanzeige auf null. Wir haben so was von gelacht, das glaubst du nicht.«

»Doch.«

»Nee, glaubst du nicht. Hast du keine Vorstellung von.«

»Dann eben nicht.«

»Du weißt überhaupt nichts von richtiger Arbeit, stimmt's? Kluge Bücher lesen und so rumphilosophieren, das ist alles.«

»Warum bist du jetzt so aggressiv?«

»Bin ich gar nicht. Ich stell mir nur vor, dass dieser scheiß Richie überhaupt nicht mehr zurückkommt. Und dann?«

»Was?«

»Ja, was ist dann?«

»Der wird doch seinen Wagen nicht hier stehen lassen. Und wenn ... wenn, dann ... dann müssen wir eben selbst zurückfinden. Auf jeden Fall bis zu der Straße.«

Peter nickte.

Er schaute zum allmählich dunkler werdenden Himmel hoch, nickte noch einmal.

»Eins schwör ich dir«, sagte Peter. »Wenn wir irgendwann wieder im Hotel sind, schnapp ich mir die erstbeste von diesen geilen Tanten da und vögle mich mit ihr um den Verstand.«

Torsten schloss die Augen. Sag jetzt nichts, sagte er sich. Er ist einfach scheiße drauf.

Er atmete tief durch.

»Ich werde morgen mal telefonieren. – Meine Mutter hat Geburtstag.«

»Glaubst du etwa, die ist eifersüchtig?«

»Eifersüchtig ...?« Torsten sah Peter an. »Eifersüchtig?!« Er hatte begriffen.

Peter schaute weg, das Gesicht wie versteinert.

3 Gigis Pizza-Service hatte seinen Sitz in einer ausgebauten Eimsbüttler Hinterhofgarage. Hier stand der Pizzaofen, hier wurde gebacken und ausgeliefert. Gigi hatte ein halbes Dutzend Auslieferer mit Fahrrad, Moped und Vespa, die in maximal fünfundvierzig Minuten beim Kunden waren. Es waren äußerst preiswerte Pizzen, dünner, knuspriger Teig, reichlich belegt. Es war ein extrem guter Service.

Gigi stammte aus Palermo. Als Jugendlicher hatte er Fisch verkauft und abends auf dem Moped Touristinnen die Handtaschen von der Schulter gerissen.

Mittlerweile war er fett geworden. Aber er war ein heller Kopf.

Bonnie schätzte ihn.

Bonnie saß bei ihm in seinem Garagenbüro, trank mit ihm Grappa und Espresso.

»Habt ihr euch eigentlich schon geeinigt?«, fragte Bonnie. »Von Elvis hör ich nur, dass er den Stoff nicht zurückgibt, ist klar, aber eben auch null Kohle zusätzlich löhnt.«

»Elvis ist alt. Wird eigensinnig.«

»Kann man so sehen.«

»Ist so«, sagte Gigi. »Mein Papa auch. Ist jedes Mal schlimmer, wenn ich auf Besuch bin. Letztes Mal wollte er nichts essen, was meine Schwester gekocht hat. Sagt ganz offen, sie will ihn vergiften. Jetzt geht er ins Ristorante von einem Freund.«

»Für nothing«, sagte Bonnie.

»Machen Geschäfte. Gleichen das aus.«

Bonnie griff nach seinem Pinnchen. Es war leer. Gigi schenkte augenblicklich nach.

»Hast du 'ne Idee, was die fordern?«, fragte Bonnie.

»Ihr Laufbursche musste verarztet werden – dafür zahl ich nichts, keine Diskussion. Für mich gibt es 'ne Grenze. Ich hab dem Hessen schon gesagt, maximal sechs Scheine leg ich drauf, das sind dann für mich dreißig Prozent mehr an Kosten. Dafür steigt auf dem Mark der Preis. Ist logisch, ist so.«

Bonnie wiegte den Kopf.

Unvermittelt zog er ein dickes Bündel aus der Jackentasche.

»Ich steig bei dir ein«, sagte er. »Das sind fünfundzwanzig Mille. Das ist alles, was ich auftreiben konnte.«

Gigi war sekundenlang sprachlos.

»Fünfundzwanzig …?«

»Eine Bedingung: Elvis und vor allem der Hesse sollen davon nichts wissen. Das ist ein Geschäft allein zwischen uns.«

Gigi knetete sein Kinn, nahm Bonnie ins Visier.

Er tippte auf das Geld.

»Und keine Fragen, korrekt?«

»Keine Fragen«, bekräftigte Bonnie. Er hob das Glas. »Wir beide kommen miteinander klar, mein Wort drauf.«

Er stieß mit Gigi an.

4 Jamaika, der siebzehnte Tag.

»Ihr habt Streit«, sagte Paul.

Peter hockte neben ihm vor dem Ami-Haus in Mo Bay. Hier hatten sie die erste Nacht verbracht, hatten sich entspannt, Sonne, Sand und Meer genossen.

Sie hockten auf der Treppe zum Strand.

Sie sahen Torsten nach.

Tranken Bier. Aßen Chips.

Die Sonne stand schon hoch am Himmel. Ein wolkenloser azurblauer Himmel.

»Ich hab bei ihm ausgeschissen«, sagte Peter. »Verstehst du? Ich bin das Arschloch.«

Paul lachte vergnügt.

»Was ist passiert?«

Peter zögerte einen Moment.

»Eine Frau«, sagte er dann. »Seine Mutter. Ich hab mit seiner Mutter geschlafen.«

Eine Dummheit.

Eine Riesendummheit. Sie hatte ihren Wagen zur Inspektion gebracht. Hatte ihn gebeten, ihr den Wagen danach zurückzubringen. Eine Gefälligkeit. Eine Selbstverständlichkeit bei einer Stammkundin. Und dann war's passiert–

»Du reparierst Autos?«, fragte Paul.

»Das hab ich gelernt, ganz normal drei Jahre. Darum bin ich ja auch hier.«

Paul verstand nicht.

Peter erklärte es ihm. Die Easy-Rider-Tour. Auf dem Bock on the road. Sag dem Abenteuer, dass ich komme.

»Lief aber nicht«, sagte er. »Ständig Stress, Streitereien. Und als wir da im Wald festsaßen ... der behämmerte Richie hat's dir ja erzählt.«

»Er wusste nicht, was er tun sollte.«

»Jedenfalls keinen so dämlichen Vorschlag machen. Mein Gott – mitten in der Nacht noch weiter nach dem Dorf suchen … Nein, hab ich gesagt! Nein! Ich hab das entschieden, und natürlich kommt das bei ihm gar nicht gut rüber.«

Peter setzte die Flasche an, trank einen Schluck.

Er wischte sich über den Mund.

»Ist seine Mutter … ist sie eine schöne Frau?«, fragte Paul.

»Schön – na ja. Sie tut was dafür.« Es brach aus ihm heraus. »Das war 'n völlig unproblematisches Ding. Ab in die Kiste und fertig. Mein Gott!« Er schwieg einen Moment. »Hast du 'ne Frau?«

Paul blickte Peter offen an. Ließ sich einen Moment Zeit.

»Ich hab einen Freund«, sagte er dann. »Wir sind zusammen.«

Peter hob die Augenbrauen.

»Zusammen? Wie meinst du …?«

»Ich bin schwul – ja.«

»Hm.« Peter wusste nicht gleich, was er dazu sagen sollte.

»Und … wie ist das hier? Ich mein' bei den Leuten.«

»Ist verboten. – Die Regierung betraft uns mit Gefängnis. Du wirst geprügelt, du stirbst. Du wirst auch verraten, wenn du keine guten Nachbarn hast. Wirklich schlimm sind die Reggae-Sänger. Die hetzen auf der Bühne ganz offen gegen uns.« Er zündete sich mit seinem Zippo eine Benson an. Zeigte zu dem am Strand entlangspazierenden Torsten.

»Ist er auch schwul?«

»Torsten …?!«

»Mit eurem Freund.«

»Das sind …« Peter glaubte seinen Vater zu hören. »Das sind nicht meine Freunde. Nein!« Er machte eine heftige Geste. »Sollen sie doch sehen, wie sie zurechtkommen.«

5 Torsten bestellte am Tresen der Strandbar eine Limo und ein Sandwich mit Ei. Er wurde auf Französisch angequatscht.

Es war ein Typ mit einem Zappa-Bart und hochgetürmten Haaren, in denen zwei japanische Essstäbchen steckten. Bekleidet war er lediglich mit einem um die Hüften geschlungenen Fetzen Stoff. Wortreich bat er um ein paar Dollar.

Torsten reagierte schroff.

Er war gereizt. Er wollte nicht reden, er wollte nichts geben. Er wollte allein sein. Zig Gedanken schossen ihm durch den Kopf. Nicht erst seit heute.

Seine Mutter. Peter.

Sie und Peter. Er wollte nicht daran denken. Allein die Vorstellung … es war zum Kotzen. Doch es kam immer wieder hoch. Immer wieder. Furchtbar.

Und Jan.

Die Entscheidung, zurück zu ihm zu fahren – und dann war plötzlich Ende. Abgehalten. Gehindert.

Widerstandslos.

Er widersetzte sich nicht. Er war schwach. Er ließ alles passieren. Es lief wie ein einziger düsterer Film vor ihm ab: ein euphorischer Abend im zugeschneiten Hamburg, eine Nachtvorstellung, und Jan kommandierte gleich: Ab nach Jamaika, Freiheit schnappen, good, good feeling.

Ja, wie denn?

Mit Peter, den Jan im Innersten verachtete?

Jan hatte es ihm überlassen, Peter zu überreden. Er hatte ihn dazu aufgefordert. Er hatte es verlangt …

Torsten nahm sein Sandwich entgegen, schnappte sich auch das Glas und suchte sich vor der Hütte einen schattigen Platz.

Peter.

Peter und seine Mutter … schon wieder blitzte das Bild auf. Er trank schnell einen Schluck Limo, Himbeersirup, Soda und Eis, viel Eis. Es kühlte seine Lippen. Er lehnte sich an die Bambusstäbe der Hütte.

Er hatte Peter überzeugen können, dass er gewünscht sei, als Freund aus früheren Tagen, na klar – eine Lüge, eine verdammte Lüge. Und es beschämte ihn. Machte ihn wütend. Wenn er sich Peter mit seiner Mutter vorstellte …

Er rieb sich die Stirn. Er rieb sich den Schweiß aus dem Gesicht. Er dachte daran, wie es gewesen wäre, wenn er bei sich geblieben wäre, in Hamburg, bei seinen eigenen Vorstellungen und Wünschen.

Er könnte … könnte im »Pö« sein oder auch schon im »Chikago«, auf der Bühne, am Klavier …

Chikago – Chikago – Chikago.

Er hämmerte in die Tasten.

Er – der Boogie-Woogie-King aus Winterhude mit getönter John-Lennon-Brille. Und Ulrike … Ulrike, knallenge schwarze Lederhose, locker fallender grob gestrickter Pullover, sie ließ ihre rote Mähne kreisen, ging tief in die Knie, das Mikro dicht an den Lippen: Do it, do it ... tu es, mach es, steh auf und pack es an ...

Torsten verlor sich in seinen Träumen. Die Augenlider wurden schwer, klappten runter.

Er wurde sanft angestupst, blinzelte und erkannte die silberne Kappe mit den Flügeln. Er brachte ein Lächeln zustande.

»He«, sagt er. »Du bist noch hier?«

»Ich bin immer hier«, sagte sie. Sie setzte sich ihm mit untergeschlagenen Beinen gegenüber. »Ich bin die Britt.«

»Aus Zürich«, ergänzte Torsten. Sie sah besser aus, als er sie in Erinnerung hatte. Gesünder. Klarer. Sie hatte strahlend blaue Augen und Sommersprossen.

»Warst du mal in Zürich?«

»Nein. – Ich bin aus Hamburg. – Torsten. – Ich bin mit zwei ... mit zwei Kumpeln unterwegs. Wir waren in Kingston und in den Bergen, alles mit Bus und so.«

»Kingston ist schlimm«, sagte sie. »Viel Dreck, Abfall. Meine Leute gehen da nie hin.«

»Deine Leute ...?«

Britt wies zum Strand.

Bis zu den Hüften im Meer stand da ein Rasta mit bloßem Oberkörper, wusch im Wasser sein langes Haar und schleuderte es zurück in den Nacken, beklatscht von zwei Frauen und einem halben Dutzend Kinder, die juchzend um ihn herumsprangen..

»Meine Familie«, sagte Britt. »Morgen sind wir auf dem großen Festival, da kommen alle, das wird riesig ...«

6 Es war Montagmorgen, grau und regnerisch, wie so oft in diesen Tagen. Die Menschen beugten sich unter ihren Schirmen, sahen nur hin und wieder auf. Ein kräftiger Wind wehte. Wieder so ein beschissener Start in eine neue Arbeitswoche.

Es war kurz nach Öffnung der Haspa-Filiale Wandsbeker Markt. Zwei maskierte Personen stürmten in die Schalterhalle. Sie waren mit Maschinenpistolen bewaffnet.

Eine Person postierte sich am Eingang und hielt die drei sich schon in der Bank aufhaltenden Kunden in Schach.

Die zweite Person schwang sich auf den Tresen und forderte die Kassiererin auf, sämtliches Bargeld in eine mitgebrachte Plastiktüte zu stopfen.

Es dauerte nur wenige Minuten.

Die beiden Bankräuber liefen auf die Straße und schwangen sich auf ein Motorrad.

Die Kassiererin löste den Alarm aus.

Nun rannte auch ein Bankkunde hinaus auf die Straße und sah das Motorrad in Richtung Innenstadt davonrasen.

Insgesamt sieben Polizeifahrzeuge näherten sich aus verschiedenen Richtungen und nahmen die Verfolgung auf.

Ein Helikopter wurde eingesetzt.

Das Motorrad konnte aus der Luft gesichtet werden. Per Funk wurden den Einsatzwagen der Polizei konkrete Angaben zum Fluchtweg durchgegeben.

In Winterhude war ein Polizeiwagen dicht aufgerückt.

Der Motorradfahrer überfuhr eine rote Ampel und bog scharf rechts zum Stadtpark ab.

Die Polizei blieb weiterhin dicht an ihm dran.

Am oberen Teil des Graswegs sprangen die beiden Bankräuber von ihrer Maschine und sprinteten zum Parkeingang. Sie machten Anstalten, sich in das dichte Gebüsch zu schlagen.

Die Polizeistreife eröffnete noch vom Wagen aus das Feuer. Die Bankräuber erwiderten es. Mehr als dreiundzwanzig Schüsse fielen.

Ein Polizist wurde geringfügig verletzt.

Ein Bankräuber kam zu Tode.

Er hatte keine Ausweispapiere bei sich.

Sein Komplize war eine Frau: Jutta Ostendorf, aktives KBW-Mitglied, polizeilich gemeldet in einer WG in der Brahmsallee. Im Verlauf des sich über mehrere Stunden hinziehenden Verhörs, erfuhren die Beamten, dass es sich bei der erschossenen Person um den aus Flensburg stammenden Rainer Strack handelte.

Hinnerk bekam das Protokoll erst gegen Abend zu lesen. Er schnaubte bitter, schüttelte den Kopf.

Rainer Strack, mit einer radikalen Sympathisantin der RAF auf Bankraub, auf dem Grasweg vom Schuss aus einer Dienstwaffe getötet. Knapp dreißig Meter entfernt von dem Ort, an dem die tote Kirsten Poulsen aufgefunden wurde.

Ein Zufall?

Hinnerk glaubte nicht an Zufälle.

Nicht an diesen. Nie und nimmer.

7 »... und mit dem großartigen Song von Cat Stevens, ›Morning Has Broken‹, verabschiede ich mich für heute aus dem ›Club‹, bleibt uns treu, und Hamburg ahoi, moin, moin, und Tschüs dann, euer Nico Böhm.« Der Tontechniker schob den Regler hoch, Cat Stevens sang. Böhm hob den Daumen und kam aus dem Studio zu der hinter der Scheibe wartenden Ulrike.

Er küsste seine Tochter auf die Wange, legte den Arm um ihre Schultern und ging mit ihr über den langen Flur.

»Wir haben nichts von Jan gehört«, sagte er. »Du vermutlich auch nicht.«

»Macht ihr euch Sorgen?«

»Monika ist beunruhigt. Sie will von Anfang an ein mulmiges Gefühl gehabt haben.«

»Und du?«

»Er wird so viel Neues und Interessantes sehen und erleben, dass er nicht einen Moment lang an zu Hause denkt.«

»Oder total bekifft sein.«

Böhm lachte. Er drückte Ulrike fester an sich.

»Das waren wir doch alle«, sagte er. »Draußen im Wendland.«

Er schritt munter voran. Ulrike hatte Mühe mitzuhalten. Sie erreichten die Kantine.

»Such dir schon mal einen Platz. Was möchtest du? Es gibt noch Mittagstisch.«

»Kaffee und irgendwas Süßes.«

Böhm nahm ein Tablett und reihte sich ein.

Ulrike entdeckte einen Fensterplatz.

Sie setzte sich, zündete sich eine Zigaretten an und checkte die Frauen und Männer aus den Redaktionen und Studios. Es waren viele ihres Alters dabei, ihre UHER-Geräte, Tonspulen und Manuskripte lagen auf den Tischen und den freien Stühlen. Sie debattierten.

Essensgeruch und dicke Rauchwolken hingen in der Luft.

Böhm stellte sein Tablett mit Kaffee, einer Apfeltasche und einem Teller Spaghetti bolognese ab. Ulrike schob ihre flache Hand vor.

Böhm entfaltete seine Serviette.

Er legte sie für den Bruchteil einer Sekunde über Ulrikes Hand. Ulrike zog sie zurück.

»Wie viel?«, fragte Böhm.

»Fünfhundert.«

Böhm nickte zustimmend. Er nahm die Serviette mit dem, was darunter lag, behutsam auf und ließ sie in der Außentasche seines Jacketts verschwinden.

»Wir gehen dann noch zur Kasse. Ich nehm einen Abschlag«, sagte er und leiser: »Danke – auch im Namen meiner Kollegen. Aber du bist vorsichtig, ja?«

Sie hatte es nicht weit bis zu der von ihr aufgekündigten WG in der Brahmsallee, und sie hatte noch drei Briefchen, die sie an den Schauspielschüler Rolf zu verticken gedachte. Für Leute am Set, wenn er gelegentlich engagiert wurde.

Als sie die Wohnung betrat, blieb sie geschockt stehen. Im Flur waren Jacken und Mäntel von den Garderobenhaken gerissen worden und lagen zerstreut auf dem Boden. Ein Plakat hing in Fetzen von der Wand. Aus der Küche war ein Jammern zu hören.

Antje schrie ihr entgegen: »Du! Du hast Jutta angezeigt! Das warst doch du! Du bist schuld, dass bei uns die Polizei eingestürmt ist …«

»Das SEK«, korrigierte Hajo. Er hielt seine Partnerin schützend im Arm. Rolf unterbrach das Zusammenfegen des zerbrochenen Geschirrs.

»Bullen! Brutale Bullen! Sie haben Juttas Freund abgeknallt!«

»Der hier war, dieser Bernie …?«

»Ist ein Tarnname. Er soll Rainer heißen, Rainer soundso aus Flensburg – angeblich bei der RAF.«

»Alles nur wegen dir!«, zeterte Antje. »Du hast nie zu uns gehört …«

»Ach – halt deine dämliche Klappe!«, sagte Ulrike und strebte auf ihr altes Zimmer zu.

»Lass es«, warnte Rolf sie. »Ist total verwüstet. – Man will dich auch noch befragen.«

8 Die Bar hatte erst vor Kurzem eröffnet, eine Kellerbar am Ring – »TropiCana«. Amerikanische Cocktails, karibische Drinks. Bastmatten an den Wänden. Der Barmixer trug einen Tropenhut. Hätte sich mühelos bei den aktuellen Top-Hit-Boys Village People einreihen können. Ingo war von der Location begeistert. Er hatte Mai Tais bestellt. Ulrike nippte nur an ihrem Glas.

»Wenn du lieber was anderes möchtes…«, sagte Ingo.

»Du schuldest mir was«, sagte Ulrike.

»Hä …?«

»Schon vergessen? – ›Chikago‹, Eric Burdon.«

»Da war doch nichts, ich wär sowieso reingekommen.« Er nestelte an seinem Hemd, blendend weiß und frisch gestärkt heute, er knöpfte den obersten Knopf auf.

»Egal«, sagte Ulrike. »Ich würde gern bei eurer neuen Spendenaktion dabei sein.«

»Das … wie kommst du darauf? Das ist doch …« Er fasste sich an die Kehle, hustete. Hustete anhaltend, die Hand vor dem Mund.

Ulrike schaute auf sein dünnes Haar, die schon kahlen Stellen. Sie wartete.

»Die Leute – die Leute interessieren mich«, sagte sie, als Ingo nach seinem Glas griff und einen großen Schluck nahm. »Wer alles dabei ist. – Kontakte.«

Ingo lächelte.

Er schnippte zur Bar hin und bestellte Tequila.

Er lächelte weiter. Es war ein fieses Lächeln.

Der Schnaps kam.

Ingo tat den ganzen Scheiß, den man bei Tequila tun sollte.

»Die Rieke«, sagte er, »die wilde Rieke, der rote Deibel. Ganz schön clever. Kontakte, ja? Für ein paar kleine Deals vielleicht ...?«

»Jetzt spinn nicht rum!«

»Nein?« Ingo beugte sich zu ihr. »Ich weiß doch, was läuft. Ich hab Augen im Kopf. Ich bin nicht so bescheuert, wie ihr immer denkt ...«

»Du hast echt 'n Knall!«

»Ich hab gesehen, was bei euch im ›Chikago‹ abgeht, da gehört nicht viel zu.« Er senkte die Stimme. »Cocaine, Cocaine – ha! Und du bist mit dem Obermacker da zusammen – mit diesem Bonnie, ja? Ein Zuhälter, ein Schläger. Das ist eigentlich schon übel genug. Aber geschenkt ... nein, sag jetzt nichts. ICH, ich sag dir was. Ich kann euch hochgehen lassen, das ist ein Anruf, und der Laden kann dichtmachen.« Er nickte bekräftigend, blickte Ulrike tief in die Augen. »Das ist für mich 'ne ganz, ganz leichte Übung, das stoß ich parteiintern an.« Er legte eine bedeutungsvolle Pause ein. »Es sei denn«, sagte er dann, »wir finden eine für uns beide befriedigende Lösung.«

9 Es war noch dunkel, als Bonnie gegen fünf Uhr morgens seine Wohnung betrat und sich auf ein Sonntagsfrühstück freute. Ein englisches Frühstück mit Baked Beans, Spiegelei und Speck. Schön scharf gewürzt das alles, mit Toast und Kaffee dazu. Nach einer langen »Chikago«-Nacht stand er gern noch am Herd.

Ulrike überraschte ihn.

Sie hockte vollständig bekleidet in der Küche, trank Rotwein und rauchte. Im Radio NDR, Kuddel moderierte.

Ulrike starrte ausdruckslos vor sich hin.

»Was ist?«, fragte Bonnie. Er setzte sich ihr gegenüber, zündete sich auch eine Zigarette an. »Gab es Stress?«

Ulrike zuckte zaghaft die Achseln.

»Ingo«, sagte sie. »Du hast ihn schon mal bei uns gesehen, so ein etwas pummeliger Typ. Er war mit mir auf der Penne.«

»Und?«

»Er hat gedroht, mich auffliegen zu lassen. Er will was über unsere Deals wissen, will dich mit Gigi gesehen haben, und mich hätte er sowieso schon länger im Visier.« Sie holte tief Luft. »Ich soll zu ihm in seine Bude kommen, für einen netten Abend und so. Er gibt mir bis Mittwoch Zeit.«

Bonnie stand auf.

»Ein netter Abend«, sagte er. »Er will dich ficken, versteh ich das richtig?«

»Ja«, sagte sie. »Ja. Wir haben als Pennäler ...«

»Scheiße!«, brüllte Bonnie. »Verdammte Scheiße! Das kann ich nicht brauchen, du blöde Kuh! Meine Fresse! Ich sag noch ...«

»Bonnie ...«

»Ja, nichts – nichts mit Bonnie, das haut so nicht hin! Ich hab keinen Bock auf Kindermädchen! Kapiert?!«

Ulrike sprang impulsiv auf.

»Kindermädchen?! Kindermädchen?! So siehst du das? Du bist mein Kindermädchen, du musst auf mich aufpassen?! Da vertu dich mal nicht!«

»Halt die Klappe!«

Ulrike schluckte.

»Nein! Nein, Bonnie, so nicht! Nicht mit mir! – Scheiße, verdammte Scheiße!« Sie griff das Weinglas und schleuderte es Bonnie an den Kopf.

10 Es war gegen Mitternacht, als sie ihn auf der Straße abfingen. Knapp fünfzig Meter vor seinem Wohnhaus.

Karate-Kalle sprang in seiner »FC St. Pauli«-Kluft aus dem langsam rollenden Benz, brachte Ingo mit einem einzigen genau platzierten Schlag zu Fall, Bonnie stoppte kurz den Wagen, und Karate-Kalle verstaute Ingo im Kofferraum.

Fix wie nichts. Super gelaufen.

Bonnie steuerte den Wagen auf den Ring Richtung Altona, Richtung Landungsbrücken. Er und Karate-Kalle gönnten sich eine Zigarette. Es war eine ungewohnt milde Nacht. Sternklarer Himmel.

Sie fuhren mit offenem Verdeck, sie rauchten. Bonnie schob eine Kassette ein. Ein Mitschnitt der »Chikago«-Nacht »Hamburg meets Britain«, Rock 'n' Roll satt. Sein Fuß tänzelte auf dem Gaspedal.

Es herrschte kaum Verkehr. Sie hatten freie Fahrt.

Vor den Landungsbrücken bogen sie rechts ab. Sie fuhren an den Saga-Häusern der Hafenstraße vorbei, an einem überregional bekannten Edelbordell, erreichten den Fischmarkt und beendeten ihre Fahrt hinter der Fischmarkthalle, direkt am Kai, am dunklen-schmutzigen Elbwasser des Hafens.

Karate-Kalle zerrte Ingo aus dem Kofferraum. Ingo sackte auf die Knie. Bonnie trat an ihn heran, in der Rechten einen Smith & Wesson, Trommelrevolver, sechs Schuss. Kurzer Lauf.

Ingo riss die Arme hoch.

»Bitte ...«

»Wir kennen uns«, stoppte Bonnie ihn. »DU kennst mich, und ICH habe von dir gehört. Aber was ich gehört habe, gefällt mir nicht.«

»Nein ... bitte, ich hab ... ich hab nichts ... nichts gesagt, kein Wort ...«

»Und das soll auch so bleiben.« Bonnie hob die Waffe, drückte Ingo die Mündung an die Stirn. »Ich helfe dir dabei!«

»Nein ... nein ...!«, jaulte Ingo. Er furzte.

Karate-Kalle verzog angewidert das Gesicht.

»Er hat sich in die Hosen geschissen«, sagte er. »Stinkt wie Sau. Mach hin.«

Bonnie spannte den Hahn.

SIEBEN

Yes, me friend, me friend,
Me deh 'pon street again
The bars could not hold me
Force could not control me now
They try to keep me down,
But Jah put me around
Bob Marley and The Wailers, »Duppy Conqueror«

1 »The Harder They Come«

Der Film: Jimmy gefällt ganz und gar nicht, dass der Boss der Straßendealer das große Geld einsackt. Hunderttausend Dollar für nur eine Lieferung in die USA.

»Wir könnten das selbst organisieren«, schlägt er seinem Kumpel vor, dem Brother.

»Willst du aussteigen?«

»Ich will nur mehr Geld.«

Jimmy belässt es nicht dabei zu reden.

Er legt sich mit dem Boss an.

Der Brother entpuppt sich als Komplize der Polizei, informiert sie: Jimmy macht Ärger, Jimmy muss weg. Jimmy muss eingesperrt werden.

Das ist der Break.

Das System ist korrupt.

Polizisten arbeiten Hand in Hand mit dem Big Boss der Dealer. Eine Motorradstreife hängt sich an Jimmy.

Jimmy schaltet die Honda hoch, beschleunigt.

Er sieht sich um.

Der Motorradpolizist holt auf.

Jimmy hat Flashbacks. Die Peitschenhiebe.

Das soll ihm nie, nie mehr widerfahren.

Er knallt den Polizisten ab. Und noch weitere, die ihn aufspüren und verhaften oder ganz zur Strecke bringen wollen.

Bei der Zeitung trifft eine Meldung ein: »Ich habe Kriminalgeschichte geschrieben!«

Jetzt wird er berühmt.

2 Die Hütte gab es nicht mehr. Es gab eine neue Rutsche und eine Wippschaukel. Es gab ein ebenfalls neues Klettergerüst aus blau-gelb-rot gestrichenen Stäben.

Aber keine Hütte.

Der Fundort der toten Dänin war weg.

Hinnerk stand mit der Leiterin des Kinderhauses Grasweg zusammen. Sie betonte erneut, wie sehr sie »ihre Kinder« liebe.

»Auch die Rabauken unter ihnen«, sagte sie. »Auch sie sind Gottes Geschöpfe.«

»Aber Sie sagen, diese Rabauken hätten die Hütte zerstört.«

»Ein Schrei nach Liebe.«

»Wie bitte ...?«

»Wie wäre Ihnen denn zumute, auf den Gebeinen einer Toten zu spielen?«

Hinnerk gab darauf keine Antwort.

»Wann war denn diese Neugestaltung?«

»Ende Februar, Anfang März in etwa. Wir haben nach Ihren Ermittlungen intensiv darüber diskutiert, glauben Sie mir. Dabei ging es natürlich auch um die Finanzierung.«

»In Höhe von?«

»Inklusive der Entsorgung und dem Aufbau der neuen Teile hatten wir einen Kostenvoranschlag in Höhe von neunhundertachtzig DM vorliegen. Wir haben zugestimmt, zumal ...« Sie lächelte wie beseelt, ihre Augen glänzten. »Zumal wir just zu dem Zeitpunkt eine unerwartete Spende unserer Bezirksvorsitzenden erhalten haben.«

»Vorsitzende – das ist wer?«

»Luise ... Luise Bertram. Vom Ortsverein der SPD. Eine uns und unserer Arbeit sehr wohlgesonnene Person. Sie war aber selbst verhindert und hat ihren Stellvertreter geschickt – na ja.«

Hinnerk hob nachfragend die Augenbrauen.

»Ein etwas überheblicher, junger Mann«, sagte die Leiterin. »Sehr von oben herab.«

»Sein Name?«

»Oh, das kann ich Ihnen nicht sagen. Ich weiß auch gar nicht mehr, ob er ihn genannt hat. Also wenn Sie das wissen müssen, fragen Sie doch in der Bezirksstelle nach. Direkt bei Luise.«

Hinnerk dankte.

3 Jamaika, der achtzehnte Tag: ... the harder they come, the harder they fall, one and all ... Jimmy Cliff war aus den Lautsprechern zu hören. Aus den Lautsprechern im Stadion Montego Bay. Im Jarrett Park.

Das Stadion war noch geschlossen.

Vor den Eingängen waren Polizisten in kleinen Gruppen postiert. Vier und sechs Personen. Weiße Hemden, dunkle Hosen, Stiefel und Helm. Mit Knüppel und Revolver bewaffnet. Mit Gewehren. Zu erahnen waren weitere Einheiten im Hintergrund.

Peter stand mit einigen Kids zusammen, ein Knirps hielt sich an seiner Hand fest. Peter spürte die Wärme, die Intensität. Er war gerührt.

Eine junge Frau lächelte zu ihm herüber. Bunt gekleidet mit knöchellangem Rock und ärmelloser Bluse. Mehrere Halsketten schmückten sie. Sie rauchte Gras aus einer kleinen Pfeife.

Immer mehr Leute strömten heran.

Die Tore wurden geöffnet.

Großer Jubel, viel Gedränge.

Auf dem Fußballfeld waren dreißig bis vierzig Stuhlreihen aufgebaut. Sie waren schnell belegt. Mit Körben voller Früchte und Brot, mit Kissen und Decken.

Das Festival, ein Familienfest.

Ältere Männer und Frauen wurden auf Rollstühlen hereingeschoben, humpelten auf Krücken zu einem noch freien Platz. Rastas schritten hoch erhobenen Hauptes bis vor die Bühne.

Peter bewunderte ihre Haltung, ihren Stolz.

Er hielt Ausschau nach Torsten.

Er hoffte, auch Jan zu entdecken.

Vor den Bussen der Musiker predigte ein mit Polohemd und Jeans bekleideter Mann: »... es ist Verwirrung und Enttäuschung in diesem Land, man kann im

Dunkeln keinem Schatten trauen, deshalb liegt mir daran, dass ihr begreift, frei wie die Vögel zu sein ...«

»Frei, frei, frei!«, murmelten einige der Umstehenden.

Peter kaufte bei einem vorbeiziehenden Händler eine Mango. Er biss hinein, zog die Haut ein Stück weit ab.

»... sei auf der Hut vor denen, deren Zungen Lügen sprechen und die dir schmeicheln, sie wollen dich nur unterkriegen, so höre denn, wenn du ein Feuer siehst, schüre es! Wenn du Blut siehst, lass es fließen, Rasta ist über allem, Rasta ist in allem, ist in dir und in mir! I and I, lass Ich Ich sein, und das Ich ist schwarz, und das Ich ist rot, ist Blitz und Donner, ist Schwefel und Feuer ...«

Lautsprecherdurchsagen übertönten ihn.

Die Bands wurden angesagt.

Burning Spear – The Third World – Peter Tosh – Bob Marley.

Bei jedem Namen stürmischer Applaus, und Tausende Kehlen riefen und johlten: »Get up, stand up ...!«

Instrumente wurden verkabelt.

Aus den Boxen Bass und Drums.

Sly & Robbie, die Dub-Heroen.

Der Herzschlag. Der Puls. Das pulsierende Blut.

Rot.

Rot, Gelb und Grün.

Die Farben, die Fahnen und die Mützen.

Rot für das Blut.

Gelb für das Gold des Heimatlandes.

Grün für die Hoffnung, dorthin zurückzukehren.

Zurück zu den Wurzeln.

I and I.

Rastafari.

4 Jamaika, die Reggae-Nacht: Peter Tosh stolzierte im Stechschritt über die Bühne. Mit Schärpe und Stock. Einem Rasta-Stab. Einem Stab mit einem geschnitzten Löwenkopf. Er sang »Legalize it ... legalize it don't criticize it ... birds eat it, ants love it, fowls eat it, goats love to play with it ...«

Torsten folgte Britt und ihrer Rasta-Family an der Hauptbühne vorbei zu den Bussen und Pritschenwagen. In die Schwaden von würzigem Hanf mischten sich die Gerüche von gekochtem Gemüse und Kräutern.

Die Musiker saßen beim Essen.

Sie aßen aus Holzschalen.

Sie aßen mit Löffeln.

Der Rasta wies auf einen Bus mit der Aufschrift »The Hills«. Torsten sah Jan. Er sah einen in sich versunkenen Jan auf dem Boden sitzen. Er wiegte sich zu irgendwelchen Melodien.

Torsten eilte zu ihm.

»Jan! Jan! Gott sei Dank, Jan!«

Jan sah kurz auf, sah ihn an. Sah ihn an wie einen Fremden.

Torsten hockte sich vor ihn. Fasste seine Schultern.

»Jan, wir waren schon auf dem Weg zu dir, du weißt, in das Dorf. Wir wollten ... was ist? Was ist denn? – Jan!«

»Ja – ja. Ich hör dich.«

»Mensch, ich bin so froh ...«

»Ich höre dich. Ich höre dich – Tooor-sten. – Torsten.«

»Peter hat ... er hat einfach bestimmt umzukehren. Es war ... ich hab mich beschissen gefühlt.«

Jan schien ihn erst jetzt richtig wahrzunehmen. Er nahm Torstens Hände in seine Hände, blickte darauf.

»Das musst du nicht. Das ist schon okay.« Er lächelte. »Ich weiß, dass ihr mich für durchgeknallt haltet.«

»Ach was ...«

»Bin ich auch nicht. Ich bin nicht bedröhnt oder sonst was. Ich ... ich habe etwas ... etwas begriffen.« Er ließ Torstens Hände los, tippte sich an die Brust. »Hier, hier in meinem Herzen, der Seele, Torsten.« Er strich sein Haar zurück. Es war lehmverkrustet. »Wir sind auf dem falschen Weg«, sagte er. »Wir leben verkehrt.«

»Wir leben ... was? He, Jan, was soll das? Was heißt das – verkehrt.«

»Ich bin erst ein paar Tage bei diesen Leuten, bei den Rastas, den heiligen Männern.« Und wieder lächelte er, lächelte ein leicht ironisches Lächeln, sprach jetzt aber klar und deutlich weiter. »Sie haben ihre Religion, ja, sie glauben an einen schwarzen Gott und an die Rückkehr nach Afrika, ja – auch okay. Sollen sie. Das habe ich alles schon vorher gelesen, das weiß ich, ihre Geschichte und so, das ist schon interessant, ehrlich, auch nachvollziehbar, die jahrhundertelange Unterdrückung, die Versklavung, die Ausbeutung. Aber ... du, das ist es nicht, nein. Nein, Torsten, das ist nur hier im Kopf. Aber was ich sehe und was ich fühle und zutiefst mitempfinde, ist ihr Zusammenhalt, ihr Leben in der Natur, völlig autark, ihr Alltag, die Ruhe. Das ist was anderes als so 'ne Hamburger WG oder Kommune. – Du, hör zu, hör mir bitte zu. Was ich dir jetzt sage, sagst du meiner Mutter, meinen Eltern, ich liebe sie, auch Ulrike, die blöde Kuh: Ich werde noch hier auf Jamaika bleiben, ich weiß nicht, wie lange. Aber ich will noch einige Zeit bei den Brüdern verbringen, essen, was sie essen, trinken, was sie trinken und ... und lieben, was sie lieben.«

»Jan.« Torsten hob ihn stoppend die Hand. Es fiel ihm schwer, noch länger auf den Fersen zu hocken. Er erhob sich. »Jan, da kommt sicher noch einiges dazu, was du toll findest, glaub ich, kauf ich dir ab. Aber wir haben auch unsere Gemeinschaft und unsere … unsere eigene Kultur, bei uns zu Hause, und wir … Mensch, bei uns geht's doch gerade erst los.«

»Das sag ich ja.«

»Dann komm, komm mit zur Bühne. Bob Marley ist noch angekündigt und dann … wir sind wieder in der Ami-Villa gelandet, weißt du? Bei Paul.«

»Ich bleibe, Torsten«, wiederholte Jan eindringlich. »Ich bleibe hier.«

»Jan … Jan, wir sind doch Freunde, wie Brüder …!«

»Grüß zu Hause. Sag ihnen, dass ich nicht verrückt bin. Mir geht es gut, ehrlich, mir geht es sehr gut.« Er kam nun ebenfalls hoch, blickte Torsten an, umarmte ihn.

Torsten lag auf einer Klappliege am Strand. Er war verzweifelt, er war todtraurig. Tränen rannen über sein Gesicht. Der Sternenhimmel über ihm verschwamm.

Nur wenige Schritte weiter lag die Schweizerin auf ihrer Liege, lag Britt. Auch sie trug einen Schmerz in sich, sah sich verlassen, alleingelassen in dieser Nacht von ihrem Rasta, der mit einer seiner anderen Frauen irgendwohin verschwunden war.

Sie drehte sich auf die Seite.

»He«, flüsterte sie. »He, bist du noch wach?«

Torsten schniefte.

»Ja«, sagte er. »Ich kann nicht schlafen. Hast du was zu trinken?«

»Warte«, sagte sie.

Torsten registrierte, dass sie aufstand und zur Strandbar ging. Irgendwas knarrte, irgendwas klirrte. Britt kam mit zwei Flaschen Bier zurück und hebelte die Kronkorken auf.

Sie reichte ihm eine Flasche.

Sie setzte sich zu ihm auf die Liege.

Sie tranken.

»Was ist mit deinem Freund?«, fragte sie.

»Nichts. Nichts weiter.«

»Es ist nicht gut für die Seele, zu lügen. Sagt mein Rastaman.«

»Klug – ein kluges Arschloch! Ich hab gesehen, wie er dich behandelt. Sagst du ja auch selbst.«

»Er gibt mir auch sehr viel.«

Torsten setzte sich auf.

Britt beugte sich zu ihm.

»Aber jetzt ist er nicht da, und ich brauche …« Sie schlang die Arme um ihn. »… ich brauche einen kleinen Trost.«

Sie küsste ihn.

Sie küsste ihn auf den Mund.

Torsten erwiderte ihren Kuss. Er zog sie enger an sich. Ihre Hände glitten unter sein Shirt.

Torsten hob den Hintern, um seine Hose runterzustreifen. Und auch Britt zerrte an ihrem Bikinihöschen, stemmte sich hoch.

Das Rückteil der Liege kippte nach hinten weg.

Torsten fasste zu.

Seine Hand wurde mit immens starkem Druck eingeklemmt. Er schrie! Er schrie einen entsetzten, anhaltenden Schrei.

Britt rollte von ihm weg.
Kam auf die Knie.
Starrte auf Torsten.
Torsten brachte langsam seine rechte Hand nach vorn.
Blut tropfte von ihr herab.
Tropfte von vier locker hängenden Fingern.

5 »... shakin' all over ...« – »Schick ihn nach Hannover ...« Der Rock Circus heizte noch einmal ordentlich ein. Der letzte Titel, der Rausschmeißer dieser Nacht.

Hannes, der flinke Finger, trat noch einmal ans Mikro: »Danke, Leute, danke, tausend Dank, der Morgen graut, wir grüßen rüber ins ›Pö‹. Wo sich unser Kumpel Willem mit seiner süßen Deern jetzt runter zum Fischmarkt kutschieren lässt, auf'n letzten Schluck und 'n Hering, und dann ab in die Kiste, tut das auch, Leute, am schönsten ist es zu zweit. Wir sind nächste Woche wieder hier – mit Gästen! Uns ›Opa‹ an der Klimperkiste geht zum Fernsehen, jo, und das wird seine Party, mit alten Bekannten und auch neuen Gesichtern, also so long und goodbye!«

Im Hinterzimmer wollte Bonnie vom Tisch aufstehen, um der Band die Gage auszuzahlen. Ulrike streifte irgendwo rum und zog Fresse. Er war sicher, dass es damit bald vorbei war. In der Tür stieß er mit dem Hessen zusammen.

»Bleib noch kurz«, sagte der Hesse und zupfte ihn am Ärmel. Bonnie machte schmale Augen.

Elvis schenkte sich einen Schluck Whiskey ein.

»Die Jungs sind großartig!«, sagte er. »Die kriegen von mir noch 'n Stern aufs Pflaster – wie in Hollywood.«

»Ich hab ein Problem«, sagte der Hesse. Er setzte sich zu Elvis an den Tisch und bedeutete Bonnie, sich ebenfalls zu setzen.

Bonnie blieb stehen.

»EIN Problem?«, sagte Elvis. »Frag mich mal. Bei mir geht's mit dem Rücken los.« Er lachte. »Und mit den Mädels läuft's auch nicht mehr so. – Super Show, sag den Jungs das, Bonnie.«

»Gigi.«

»Gigi was?«

Der Hesse bediente sich unaufgefordert an Elvis' Zigaretten.

»Ich hab 'n scheiß Gefühl, ich trau dem Mann nicht mehr.« Er rauchte die Kippe an. »Ihr wart dabei. Er löhnt, ohne zu quaken, was wir für den scheiß Kurier noch mal abdrücken mussten, zahlt das locker aus der Hand und legt sogar noch fünfundzwanzig drauf – ohne vorher auch nur ein Gramm von dem Stoff vertickt zu haben. Woher hat er die Kohle, frag ich mich? Frisst jetzt ganz Hamburg seine Pizzas? Er hat den größten Brocken von der Lieferung eingesackt, und plötzlich mischen da draußen ein paar neue Typen mit.« Er fixierte Bonnie. »Karate-Kalle soll dabei sein.«

»Sagt wer?«

»Höre ich. Davon höre ich. – Du bist doch eng mit ihm.«

»Ich trainiere bei ihm.«

»Und seine Lady, die bei euch hinterm Tresen steht? Gitti?«

»Gitti?«, fragte Elvis und sah Bonnie an.

»Gitti«, bestätigte Bonnie und griente den Hessen an. »Denkst du, sie beliefert ihn? – Ha, ha. Unsere Gitti!«

Elvis übertönte ihn mit seinem dröhnende Gelächter. Der Hesse schien zu checken, dass er keinen Punkt machen konnte. Er warf einen Blick durch den Raum.

»Okay«, sagte er und rollte die Schultern. »Ich will nur mal gesagt haben, dass ich ’n waches Auge drauf habe. – Noch Bock auf ’n kleines Spielchen?«

»Ich hab zu tun«, sagte Bonnie. »Ich geb dir am Tresen einen aus.«

Der Hesse stand auf. Er atmete hörbar tief durch.

»DU?«, sagte er leise. »Du gibst mir einen aus? Weißt du eigentlich, wen du vor dir hast?«

»Du redest Scheiße.«

»Ich hau dir noch mal aufs Maul!«

»Warum nicht gleich«, sagte Bonnie und machte sich locker.

6 Hinnerk hielt den Telefonhörer am Ohr, sah hinaus in das Dunkel der Nacht.

»Cathrin ...?«

Er hörte nichts, wiederholte ihren Namen.

Sie antwortete.

»Das Wasser, entschuldige. Ich habe Wasser aufgesetzt. Ich mache mir einen Tee.«

»Bei euch muss es Abend sein.«

»Ja, und du bist mitten in der Nacht noch auf.«

»Ich wollte dich hören. Dich und Sylvie. Ist sie in der Nähe?«

»Sie hat einen Freund.«

»Ja ...?«

»Sie ist zu ihm. Es sind Nachbarn. Sie übernachtet bei ihm.«

»Ist er …?«

»Er ist okay. Du musst dir keine Sorgen machen.«

Er schwieg. Griff nach seinen Zigaretten.

»Ist was?«, fragte sie.

»Du fehlst mir«, sagte er. »Sylvie fehlt mir. Ich muss immer wieder an dich … an euch denken. Es tut mir leid. Es tut mir leid, dass es so gekommen ist.«

»Das muss es nicht. Ich war auch nicht immer … ach, Hinnerk, was soll das? Es ist, wie es ist.«

Er zündete die Lucky an, inhalierte.

»Euch geht es gut?«

»Ja – ich habe Aufträge. Sylvie hat in der Schule gute Noten. Sie ist viel im Freien, sie reitet gern.«

»Schön«, sagte er. Er nahm noch einen Zug, räusperte sich. »Ich muss in den nächsten Tagen meinen Urlaub anmelden. Was hältst du davon, wenn ich euch besuche?«

Sie schwieg.

Hinnerk rauchte.

Er wartete.

»Ja«, sagte sie schließlich. »Ja, mach das. Sylvie freut sich bestimmt. Wann wird das sein?«

»Ich muss nur noch einen Fall abschließen.« Er lachte befreit. »Eine verrückte Geschichte. Ich habe einen Verdächtigen, aber der ist plötzlich verschwunden. Wenn ich ihn habe, kann ich es dir genau sagen.«

»Wie so oft«, sagte sie.

»Was … was meinst du …?«

»Nichts. Ich höre dann von dir.«

Die Leitung war tot.

ACHT

It is you (oh, yeah)
It is you, you (oh, yeah)
It is you (oh, yeah)
I say, a pressure drop, oh pressure
Oh yeah, pressure drop, a drop on you
The Maytals, »Pressure Drop«

1 »The Harder They Come«

Der Film: Jimmy ist auf einem Rachefeldzug. Er nimmt sich die Frau des Verräters vor: Wo ist der Brother? Sie bittet, sie weint.

Jimmy erschießt sie.

Er spürt den Brother auf und jagt ihn durch Trench Town. Ein hartes Pflaster. Elend und Zorn. Gewalt. Kriegsschauplatz der Rude Boys. Der Gangs. Die einen kämpfen für Manley und seine prokommunistische Politik, die anderen für Seaga und seine Geschäfte mit Amerika.

Trench Town Rock.

Die Geburtsstätte des Reggae.

Dutzende Kids schließen sich Jimmy an. Jimmy feuert ab, was er an Munition hat. Der Denunziant kann mit knapper Not entkommen.

Jimmy lässt sich professionell fotografieren.

Weiße Kappe, Leopardenhemd und Sonnenbrille.

Breitbeinig. In jeder Hand einen Revolver.

»Yeah – yeah, yeah, the boy is great.«

Ist Rächer und Räuber.

Ist Rebell.

Ist schneller als Django. Der ist nur im Kino ein Held.

Dies aber ist Kingston, ist Kingston Town.

An Mauern, Zäunen und Bretterbuden ist zu lesen: »Ich versteck mich nicht!« – »Ich war hier, aber jetzt bin ich weg!« – »Ich bin überall!«

Jimmy lässt sich von einem Hotelportier in einem weißen Cadillac über einen grünen Golfrasen kutschieren.

Er ist der Hero, der King of Reggae, und auf den Straßen und Plätzen, in den Kneipen und am Strand wird getanzt: ... well, the oppressors are trying to keep me down, trying to drive me underground, and they think that they have got the battle won ...

2 Ein uniformierter Beamter begleitete Ingo in Hinnerks Büro. Hinnerk dankte und entließ ihn. Er betrachtete Ingo.

Ingo wirkte nicht mehr ganz so moppelig. Er war unrasiert und über seinem linken Ohr klebte ein dickes Pflaster.

»Setzen Sie sich«, sagte Hinnerk. »Wir haben Sie gesucht.«

»Hab ich gehört. Von der Wolf. – Ich war bei meiner ... meiner Tante in Bevensen. Ich hab ihr beim Umzug geholfen. Dabei ist das ...« Er tippte an das Pflaster. »... ist das hier passiert. Ein rostiger Nagel an einem Dachbalken. Hab mir das Ohrläppchen dran abgerissen. Tat saumäßig weh. Tut es immer noch. Meine Tante hat mich ein paar Tage dabehalten.«

»Schlimme Sache.«

»Ja.« Er beugte sich leicht zu Hinnerk vor.

»Aber danke, dass Sie gekommen sind.«

»Ich wollte das schon gleich nach unserem Gespräch in der Uni.«

Hinnerk erwiderte nichts.

Ein paar Sekunden vergingen.

Ingo räusperte sich.

»Ich möchte eine Aussage machen«, sagte er.

Ingo schien sich sammeln zu müssen. Er schluckte, bevor er begann.

»Ich habe Ihnen etwas verschwiegen«, sagte er. »Es war eine Art Reflex. Ich bedauere das sehr.«

Hinnerk zeigte keine Reaktion. Er nahm einen Schluck von seinem noch lauwarmen Kaffee und zündete sich eine Lucky an.

Es war 10.15 Uhr.

Draußen ein weiterer grauer Tag. Hamburg eben. Dünner Regen rann an der Fensterscheibe herab.

Hinnerk trug einen dunkelgrünen Rollkragenpullover. Sein Tweedjackett hing über der Bürostuhllehne. Ingo hatte seine wattierte Jacke anbehalten. Er rieb sich die Hände, als würde er frieren.

»Dieses ... dieses Mädchen, nach dem Sie mich gefragt haben, das war die Kirsten. Ich kannte sie.«

Hinnerk behielt Ingo im Blick, sagte noch immer nichts.

»Ich verstehe, wenn Sie jetzt sauer sind. Aber ich ... ich habe nichts mit ihrem Tod zu tun, echt nicht. Das müssen Sie mir glauben.«

Einen Scheiß drauf, dachte sich Hinnerk. Einen Scheiß! Er zuckte mit den Achseln.

»Denn mal los.«

»Was ... was meinen Sie ...?«

»Wie das mit Kirsten und Ihnen begonnen hat. Und wann es zu Ende war.«

»Ach so – ja. Das war im letzten Jahr, irgendwann im November ... Anfang November, da hab ich sie auf dem Campus gesehen. Sie ... sie lief da rum und fragte nach einem Rainer. Ihrem Freund Rainer. Man hatte ihr gesagt, dass er hier in Hamburg studiere.« Auf seinem Gesicht zeichnete sich so etwas wie Bedauern ab. »Es tut mir leid, ich schäme mich auch dafür, sie war ein so hübsches Mädchen, ich wollte wirklich was für sie tun. Das hab ich ihr auch versichert, aber es wurde dann schon dunkel, und sie hatte ja nun keine Bleibe. – So kam das, und JA, ich habe mit ihr geschlafen, ja, das habe ich, das hat Ihnen meine Nachbarin ja sicher schon erzählt, diese blöde Nuss! Sie waren bei ihr, hat sie gesagt!« Er schlug theatralisch eine Hand vors Gesicht. »Mein Gott!«, stöhnte er. »Ich muss raus aus diesem Haus, da spionieren sie dir bei allem hinterher und zerreißen sich dann darüber das Maul!« Er setzte sich wieder aufrecht hin, brauchte einen Moment, um runterzukommen.

Hinnerk blieb unbeeindruckt.

»Okay«, fuhr Ingo fort. »Okay, sie war bei mir, wir haben uns gut verstanden, und ja, sie ist 'ne Zeit lang bei mir geblieben, so etwa zwei Wochen. Sie hat gehofft, dass ich etwas über Rainer erfahre, habe ich aber nicht. Wie auch, wenn man jetzt weiß, dass er 'n Terrorist war, dem ein Menschenleben nichts bedeutete.«

»Wie meinen Sie das?«

»Na ja, man kann doch nicht ausschließen, dass so einer … Kirsten ist ja dann von einem Tag auf den anderen abgetaucht. Sie hat gesagt, Rainer habe mit ihr Kontakt aufgenommen, ich weiß nicht, wie, aber sie ist ja oft allein rausgegangen, ich habe sie schließlich nicht eingesperrt. Wenn Ihnen die blöde Nuss das erzählt hat, dann ist das 'ne Lüge, 'ne faustdicke Lüge.«

»Hat sie nicht«, sagte Hinnerk. »Wann war das denn? Kirstens angeblicher Kontakt mit Rainer?«

»Das kann ich Ihnen genau sagen. Das war in der Woche vor Weihnachten, am zwanzigsten. Einen Tag später bin ich nämlich zu einem Künstler aufs Land gefahren, nach Lüchow-Dannenberg. Der hatte mich über die Tage eingeladen, mit ihm und seiner Familie zu feiern. Da bin ich bis nach dem Fest geblieben. Und hab dann nichts mehr von ihr gehört, ehrlich nicht.«

Hinnerk blätterte in seinen Notizen. Er nickte mehrere Male, bevor er sich zurücklehnte und sich eine weitere Lucky gönnte. Er rauchte genüsslich, blickte den Rauchkringeln versonnen nach.

»Danke so weit«, sagte er schließlich. »Das schließt einige Lücken. Nicht alles, aber nun ja – Sie haben gut daran getan, sich zu äußern.«

»Ja, es tut mir doch auch leid …«

»Luise Bertram ist Ihnen bekannt?«, unterbrach Hinnerk. »Ortsverein Hamburg-Nord – Entschuldigung: SPD-Ortsverein Hamburg-Nord. Eine ausgesprochen sympathische Person.«

Augenblicklich versteifte sich Ingo.

Er presste die Lippen fest aufeinander.

Er sagte nichts.

Hinnerk überraschte es nicht.

»Die Leiterin des Kinderhauses Grasweg hat im März eine Spende in Höhe von eintausend DM erhalten. Angeblich von ihr. Also nicht persönlich, sondern von der Partei. Überbracht von ihrem Stellvertreter.« Er beugte sich ein wenig vor, um Ingo in die Augen blicken zu können, lächelte ein dünnes Lächeln. »Einem – ich zitiere – einem ›etwas eingebildeten, jungen Mann, sehr von oben herab‹. – Frau Bertram wusste nicht, was sie dazu sagen sollte. Eine Spende – nein, für was denn? Und ein Stellvertreter? – Ich habe versprochen, ihr diesen Mann gegenüberzustellen. Dazu sind Sie doch sicher bereit, Ingo.«

Ingo blieb noch einen Moment unbeweglich sitzen.

Dann gab er sich einen Ruck.

»Ich möchte mit unserem Anwalt sprechen«, sagte er. »Unserem Partei-Anwalt.« Er stand auf und ging zur Tür.

Hinnerk ließ ihn gehen.

3 Torsten war einer der Ersten, die durch den Zoll in die Ankunftshalle des Hamburger Flughafens kamen. Seine rechte Hand war notdürftig verbunden. Er hielt sie hoch, stützte den Arm mit der linken ab. Ein älterer Herr begleitete ihn. Er trug Torstens Rucksack mit dem aufgeschnallten Schlafsack.

Carl Steffens ließ Jans Mutter stehen und stürmte auf seinen Sohn zu.

Er umarmte ihn.

Er drückte ihn an sich.

Er hielt ihn von sich weg.

Er sah ihn an.

Seine Augen waren feucht.

»Torsten – Torsten – Torsten, mein Junge ...«

»Entschuldigen Sie«, sagte Torstens Begleiter. »Ich habe auf dem Flug erfahren, was Ihrem Sohn passiert ist. Sie sollten dringend mit ihm ins Krankenhaus. Ins UKE, die sind auf so etwas spezialisiert. Ich bin vom Fach und denke, dass die Hand noch zu retten ist.«

4 Peter stellte sich mit dem Rücken zur Zellentür. Er kramte zwei Groschen aus seinem Kleingeld, warf sie ein und wählte eine Nummer.

Torstens Mutter meldete sich.

»Ich bin's«, sagte Peter. »Wir sind zurück, aber Torsten geht es offenbar scheiße. Dein Mann fährt ihn direkt ins Krankenhaus. Ins UKE, hab ich mitgekriegt.«

»Was ist mit ihm?«

»Irgendwas mit seiner Hand.«

»Schlimm?«

»Sieht so aus«, sagte Peter.

»Und er ist im UKE?«, fragte Franziska noch einmal nach.

»Auf dem Weg, nehm ich an. – War übrigens insgesamt 'n beschissener Trip.«

Er sprach in eine tote Leitung.

Franziska hatte bereits aufgelegt.

5 Nico Böhm hatte eingekauft. Forellenkaviar, Krabbensalat und Gänseleberpastete. Später am Abend wollte er Salsiccia braten und eine Pasta ai funghi zubereiten. Er stellte zurecht, was er dazu brauchte, telefonierte zwischendurch mit dem Pressechef der WEA und mit seiner Sekretärin im Funk.

Für Jan legte er dekorativ zwei noch nicht im Handel erhältliche Alben auf den Tisch: »Movies« von dem Can-Bassisten Holger Czukay und »London Calling« von The Clash. Sollte ihm gefallen.

Böhm war mit sich zufrieden.

Er freute sich auf Jan.

Er freute sich auf den Abend mit seiner Familie.

Ulrike hatte versprochen, zum gemeinsamen Abendessen zu erscheinen. Das beruhigte ihn.

Böhm nestelte sein letztes Tütchen Koks aus der Brieftasche, rollte einen Fünfzigmarkschein zu einem Röhrchen und schniefte das weiße Pulver ein. Er tänzelte zur Stereoanlage und warf sie an. Neil Young winselte »Like a Hurricane«.

Nico Böhm stand auf Neil Young. Für ihn war er der Größte, jetzt und immerdar. Er sah auf die Uhr, rockte zurück in die Küche und entkorkte zwei Flaschen Bordeaux. Er zögerte einen Moment, bevor er den Kühlschrank öffnete und sich einen Wodka eingoss. Kaum hatte er ihn gekippt, hörte er, dass die Wohnungstür aufgeschlossen wurde.

Böhm stürmte auf den Flur.

Monika legte die Wagenschlüssel in die Schale und zog ihre Jacke aus.

»He, wo ist Jan? Wo ist der Abenteurer, wo ist mein Reggae-Reggae-Reggae-Mann?«

»Auf Jamaika«, sagte Monika.

»Ja, klar, aber heute ...«

»Heute und auf unbestimmte Zeit. Mehr konnte ich aus Torsten nicht herausbekommen. Carl ist gleich mit ihm ins Krankenhaus.«

»Ins ... Moment, Moment, was soll das heißen? Auf Jamaika, ins Krankenhaus! Würdest du mir bitte ...«

»Nico, mehr weiß ich nicht.« Sie ging in den Wohnraum mit Blick auf die Straße. Ihr kamen die Tränen. Ihr Gesicht spiegelte sich in der Fensterscheibe. Sie konnte nicht verhindern, dass sie laut aufschluchzte.

Nico legte seinen Arm um sie.

Schlagartig war ihm innerlich kalt geworden.

Er bibberte.

»Moni«, sagte er leise. »Moni, ich rufe Carl ... ich rufe bei ihm zu Hause an. Wir müssen doch wissen, was passiert ist.« Er wurde laut. »Mein Gott, so geht das doch nicht!«

6 Carl Steffens saß im Warteraum der Notaufnahme. Er nippte an seinem Automatenkaffee, hielt mit beiden Händen den Pappbecher, hatte den Blick gesenkt.

Steffens wartete schon eine halbe Stunde.

Als er mit Torsten eingetroffen war, hatte man seinen Sohn umgehend in die Unfallchirurgie transportiert. Steffens sollte dann über den weiteren Ablauf informiert werden.

Er sprang auf, als die Stimme seiner Frau ihn aus seinen Gedanken riss. Aus trüben Gedanken. Mit müder Stimme berichtete er, wie der momentane Stand war.

»Und du lässt dir das bieten!«, giftete Franziska. »Einfach zu warten! Typisch!« Sie ging zur Anmeldung der Notaufnahme.

Klopfte energisch auf den Tresen.

»Wenn Sie sich bitte bequemen würden – mein Name ist Steffens, von der Baufirma Siemers. Ich möchte Herrn Professor Schuller sprechen.«

»Bitte …?«

»Wenn Sie mich nicht verstehen, junge Frau, kommen Sie näher heran. – Professor Schuller!«

»Ja?«

»Sie rufen jetzt sofort Professor Schuller an und sagen ihm, dass ich hier in der Notaufnahme auf ihn warte. Und erinnern Sie ihn gleich daran, was ich dieser Klinik jahrjährlich an Spenden zukommen lasse. – Steffens, Franziska Steffens.«

7 Peter lehnte den Kopf an die Scheibe. Der Bus fuhr an Einfamilienhäusern mit Vorgärten vorbei, an einem neuen Wohnviertel, fünf- bis achtstöckige Häuser mit schmalen Außenbalkonen nach Osten hin, und bog am Stadtpark ab.

Peter empfand keine Freude. Keine Freude auf sein Zuhause, auf die Nachbarschaft, auf das ihm seit jeher vertraute Viertel hinter den Ausstellungshallen der Fahrzeugwerke, nicht einmal Neugier. Und auch auf seinen Vadder freute er sich nicht.

Er sah den Alten vor sich, krank und verbittert auf seinem Stuhl am Fenster, unrasiert und mit wirrem Haar, die Kippe in der zittrigen Hand, ein elendes Bündel Mensch.

Er liebte ihn.

Er konnte ihn nicht ausstehen.

Es zerriss ihm das Herz.

Am Lattenkamp musste er umsteigen.

Der Bahnimbiss war geöffnet. Peter betrat ihn, kaufte mit einem zurückbehaltenen Zwanziger Zigaretten und eine Dose Bier. Als er das Wechselgeld in Empfang nahm, hatte er einen heftigen Schweißausbruch.

Er ging mit wackligen Schritten hinaus und setzte sich auf eine Bank. Sie war feucht, aber der leichte Regen hatte aufgehört.

Peter wischte den Schweiß von der Stirn, knackte die Dose und nahm einige große Schlucke. Das tat gut. Zwangsläufig musste er an sein letztes Bier auf Jamaika denken, an die lange Nacht.

Der Park hinter dem Stadion. Dicht belaubte Äste bis knapp über dem Boden. Gepflegter Rasen. Schlafstätten. Im Gebüsch die Lichtpunkte der glühenden Joints.

Daumendicke Spliffs.

Ein Flüstern und Wispern.

Das Rascheln der Palmblätter.

Am Himmel ein satter Mond.

In seinem Licht die junge, Pfeife rauchende Frau mit dem langen bunten Rock.

Sie tanzte. Sie tanzte den Reggae, der vom Stadion herüberwaberte.

Sie löste den Rock. Sie streifte ihn ab.

Sie war nackt, und sie bot sich ihm an.

Das Bier, das eiskalte Bier rann durch seine Kehle.

Er ließ die Flasche zu Boden fallen.

Die Augen der jungen Frau waren riesig. Ihr Mund war riesig. Sie schlang die Arme um ihn und zog ihn mit sich.

Er schwebte.

Er trieb auf Wellen.

Er wurde an den Strand gespült.

Er richtete sich auf.

Die Frau hockte vor ihm und streckte ihm die Hand hin. Sie forderte ihren Preis.

Er marschierte auf der Küstenstraße zum Flughafen. Ernüchtert. Es war der erste Sex, für den er gezahlt hatte. Er lachte, laut und anhaltend.

Die Straßenarbeiter stützten sich auf ihre Spaten. Der trockene Lehmweg wurde asphaltiert. Auf den Hügeln die Gerippe von Neubauten.

Hotelanlagen.

Neue Hotels in Montego Bay.

Im Airport checkte er im allerletzten Moment ein.

Im Flieger sichtete er den in einer der ersten Reihen sitzende Torsten. Seine verbundene Hand.

Er fragte, aber Torsten wandte sich ab, sprach kein Wort mit ihm.

Peter überkam ein neuer Hitzeschub.

8 Das »Chikago« hatte geöffnet, aber noch war das Lokal gähnend leer. Neben dem Eingang waren zwei Harleys aufgebockt, beide Tanks mit dem Sternenbanner der USA bemalt. Ihre Fahrer waren bei Elvis im Hinterzimmer.

Sie legten einen Packen Scheine aus dem Straßenverkauf hin und wurden von ihm neu mit Koks versorgt.

Das Geschäft lief gut.

Elvis verabschiedete die Angels mit Handschlag, zündete sich eine Havanna an und begann mit seinen täglichen Telefonaten.

Er telefonierte mit seiner Schwester in Herten. Er bot ihr an, in seinem Haus an der Ostsee Urlaub zu machen. Seine Schwester hatte einen Knochenjob in einem Fleischwarenbetrieb. Sie wollte es sich überlegen, müsse aber auch mit ihrer Tochter sprechen.

Elvis polterte los. Er konnte nicht anders.

Seine Nichte war eine nichtsnutzige, fette Schnecke, die man nicht zu fragen hatte. Man gab ihr einen Tritt in den Arsch. Man stellte sie vor vollendete Tatsachen.

»Aus! Ende!«, schrie er in den Hörer und knallte ihn auf die Gabel.

Bonnie blieb erst einmal in der Tür stehen.

Elvis nahm ihn nicht gleich wahr.

»Hast du einen Moment?«, fragte Bonnie.

»Was gibt's?«

»Ich hab Hannes am Tresen, den Leader unserer Band ...«

»Ich weiß, wer Hannes ist. Hältst du mich für blöd?«

»Ich kann's auch selbst entscheiden.«

»Was? Was willst du entscheiden?«

»Elvis, im Ernst, schnall endlich mal, dass du den Laden schon längst nicht mehr im Griff hast. Du hast nach außen hin nur noch das Sagen, weil du auf gut Freund mit diesen Höllenpissern machst. Aber die kacken dir auch in den Schuh ...«

»Schnauze! Halt die Fresse ...!«

»Du hörst es nicht gern, klar ...!«

Elvis stemmte sich aus seinem Stuhl hoch. Sein Gesicht lief knallrot an. Er schnappte nach Luft. Er fuchtelte mit den Armen, die Zigarre fiel zu Boden. Er verdrehte die Augen. Er schwankte.

Wie von einem gewaltigen Hieb getroffen, fiel er um.

Gitti schenkte Hannes noch eine Cola ein, reichte auch Ulrike eine Flasche rüber.

»Ist ein schräger Typ, klar«, sagte Hannes. »Sieht für meinen Geschmack scheiße aus in seinen Transi-Klamotten – Glitter, Glitter, Glitter, okay, aber rockmäßig hat er's drauf.«

Ein starkes Poltern war zu hören.

Bonnie stürmte zu ihnen.

»Einen Rettungswagen!«, rief er. »Einen Notarzt! Elvis hat's erwischt …«

9 Ulrike entschuldigte sich schon beim Betreten der Wohnung für ihr spätes Kommen. Niemand antwortete ihr. Nichts war zu hören, es herrschte eine unheimliche Stille.

In Küche, Ess- und Wohnzimmer brannte Licht.

Sämtliche Lampen und Leuchten waren eingeschaltet. Ulrike betrat die beiden großen miteinander verbundenen Räume.

Ihre Mutter und ihr Vater saßen sich an einem festlich gedeckten Tisch gegenüber. Monika blickte ausdruckslos auf einen imaginären Punkt, drehte ihr Weinglas in der Hand. Es war gefüllt. Mit Rotwein.

Nico schaute zur Decke hoch, zwischen den Fingern eine Zigarette. Der Ascher war mit Kippen überfüllt.

Ulrike ließ den Anblick auf sich wirken. Dann zog sie ihre Lederjacke aus und streifte die Stiefeletten ab. Sie klatschte in die Hände.

»Katastrophe?«, fragte sie. »Haben die Jungs den Flieger verpasst? Hängen sie noch ’ne Nacht in London dran …?«

»Jan«, sagte ihr Vater. »Jan ist auf Jamaika geblieben.«

»Was dich offenbar nicht im Geringsten beunruhigt.«

»Nein!«, blaffte Böhm. »Nein, nein, nein und nochmals nein! Er ist erwachsen!«

»Er ist vorher noch nie über Hamburg hinausgekommen!«

Bis nach Klein Gaddau immerhin, lag Ulrike auf der Zunge. Sie setzte sich zu ihren Eltern an den Tisch.

Ihr Vater wandte sich ihr zu.

»Ich hab mit Carl, mit Torstens Vater, sprechen können. Seinen Jungen hat’s nun wirklich böse erwischt. Vier Finger an einer Liege eingeklemmt, baumeln runter wie so kleine Partywürschtel …«

»Mein Gott!«, schrie Monika. »Was bist du nur für ein abscheuliches Arschloch!«

Nico ging nicht darauf ein.

»Wird aber schon operiert. Man kann dann morgen mit ihm sprechen. Über Jan und … und überhaupt.«

Ulrike setzte sich zu ihnen. Sie griff nach dem Kaviar, löffelte eine ordentliche Portion auf ein Stück Baguette.

Monika schwieg wieder.

Nico schwieg. Ulrike schnappte sich den Prosecco.

»Okay«, sagte sie kauend. »Dann werden wir ja hören, was mit ihm ist.« Sie trank einen großen Schluck. »Wenn Jan dann tatsächlich noch ’ne Weile weg ist, könnte ich doch in sein Zimmer.«

Mutter und Vater schauten sie gleichzeitig verblüfft an.

10 Ingo brachte die Lippen dicht an die Sprechmuschel. Zum dritten Mal hörte er die automatische Ansage: »Kügel, ich bin zurzeit nicht erreichbar, bitte hinterlassen Sie Ihre Nachricht. Mit Dank – wir packen's an.«

Ingo räusperte sich.

»Helmut, ich … ich bin's. Entschuldige den späten Anruf, aber … Helmut, ich steck in der Scheiße, voll in der Scheiße! Du musst mich da raushauen, ich bin doch dein Mann, es ist ernst, verdammt ernst, bitte … bitte, melde dich. Ich bin erreichbar, ich bleib zu Hause.«

Er hängte ein. Lauschte.

Er glaubte, von nebenan ein Geräusch wahrzunehmen. Er sprang von seinem Bett auf.

»Ja, ich hab telefoniert!«, brüllte er. »Hast du alles mitgekriegt? Willst du mir gleich noch einen reinzuwürgen? Ja, ich hab mir 'ne Tante zum Ficken bestellt! Zum FICKEN! Und? Hast du Frust, dass ich nicht auf dich geil bin, du blöde Nuss?!«

Er trat an die Wand.

NEUN

Get up, stand up
Stand up for your right
Get up, stand up
Don't give up the fight
Bob Marley, »Get Up, Stand Up«

1 »The Harder They Come«

Der Film. Die letzten Szenen: Jimmys Song ist Nummer eins in den Charts. Der Polizeichef will die Platte verbieten lassen. Er untersagt der Presse, Jimmys Foto zu veröffentlichen. Seine Männer jagen Jimmy ohne Erfolg. Der Polizeichef setzt die Straßenhändler unter Druck: Kein Gras, kein Spliff wird mehr in die Stadt kommen, bevor Jimmy nicht geschnappt ist.

Der Handel kommt zum Erliegen.

»Der Typ hält die ganze Nation in Atem.«

Der Plattenboss muss dem Polizeichef erklären, was Sache ist: »Mit Ihrem scheiß Verbot machen Sie den Mann nur noch interessanter.«

Die Suchtrupps werden verstärkt.

Jimmy wird entdeckt.

Die Männer schießen auf ihn.

Jimmy wird verletzt.

Er kann auf dem Fahrrad entkommen.

Seine Liebste aus dem Kirchenchor und gute Freunde pflegen ihn. Mit heilenden Kräutern.

Mit dem heiligen Kraut.
Mit Marihuana. Ganja. – Ganja, Ganja.

Doctors smoke it
Nurses smoke it
Judges smoke it
Even lawyer too
It's good for the flu
Good for asthma
Good for tuberculosis

Legalize it!
Ein einziger weltweiter Schrei: Legalize it!

Während die Straßendealer aufatmen, dass bald alles wieder beim Alten ist, versucht Jimmy, auf einem Frachter nach Kuba zu fliehen. Er ist noch nicht kräftig genug, um das Seil zu ergreifen und sich an Deck zu hieven. Er strampelt verzweifelt im Meer herum. Am Strand kippt er um. In seinem Kopf spult sich in Endlosschleife sein Song ab ... the harder they come ...

Ein Dutzend Polizisten schwärmen aus. Sie kommen von der Seeseite. Jimmy stellt sich ihnen entgegen: »Lasst den Soldatenscheiß, einer soll rauskommen. Wer ist der Bösewicht?«

Der Kinobesuch blitzt auf. Der Film.
Django. Ein Fressen für die Geier.
Der Applaus und das Lachen.
Die anfeuernden Rufe.
Das Knattern des Maschinengewehrs.

»Schießt!«, ruft Jimmy den Polizisten zu. »Schießt!«
Sie zögern nicht eine Sekunde.
Es ist vorbei.

2 Torsten konnte nach der Morgenvisite aus dem UKE entlassen werden. Seine Eltern holten ihn ab. Carl saß am Steuer des silbergrauen Mercedes. Franziska saß mit Torsten im Fond. Torstens rechte Hand war bis zum Ellbogen eingegipst. Die Operation war gut gelaufen, aber nach dem erfreulich knappen Resümee des Chefarztes war ihm klar, dass es bis zu einem normalen Gebrauch der Finger noch längere Zeit dauern würde.

Der Traum, in einer Band oder auch solo zu spielen im »Pö« oder auf dem Kiez, war geplatzt. Aktuell zumindest. Er hätte heulen können.

Er hatte schon geheult.

In jener Nacht natürlich. Auch während des Flugs.

Er wollte nicht schon wieder flennen. Nie mehr.

Seine Mutter legte ihm behutsam die Hand auf seine Linke.

»Du musst dich erst einmal richtig erholen«, sagte sie. »Das muss nicht zu Hause sein. In der Schweiz gibt sehr, sehr gute Sanatorien.«

»Bea ist leider schon zurück in ihrer Wohnung«, sagte sein Vater.

Torsten sagte nichts. Sein Gesicht war wie versteinert. Sein Vater setzte neu an.

»Nico hat mit mir telefoniert. Er würde dich gern besuchen und hören, was mit Jan …«

»Nein«, sagte Torsten.

»Torsten –«

»Nein! – Nein, nein! Lasst mich in Ruhe, lasst mich einfach in Ruhe!«

»Es war ja auch nur ein Vorschlag.« Die Mutter tätschelte seine Hand.

3 »Nun sag schon«, sagte Ulrike. »Deine Hand – war Jan dabei? Ist er dran schuld?«

Sie saß mit Torsten im Wintergarten seines Elternhauses. Sie hatte zigmal vergebens versucht, ihn an die Strippe zu kriegen. Jedes Mal war sie von seiner Mutter abgeblockt worden. Es hatte ihr gereicht.

Sie war hingestiefelt und hatte sich an der Tür nicht mehr von der Alten abweisen lassen.

Torsten lachte ein unfrohes Lachen.

»Ob er dabei war? – Bei nichts war er dabei, bei gar nichts! Bei den Rastas war er!«

»Nun komm ...«

»Dein Bruder hat mich hängen lassen, verstehst du? Er hat sich von Anfang an mit Peter zusammengetan, warum auch immer! Weil Peter so ein super Typ ist? Weil er alles kann, weil er alles im Griff hat? – Ha! Wenn du wüsstest!«

»Was denn? – Mensch, Torsten ...«

»Du hast ja keine Ahnung!«

»Du musst mir doch nichts verheimlichen. Ich weiß doch, wie Jan tickt, wenn er Scheiße gebaut hat ...« Sie schluckte, atmete durch.

Torsten stützte mit der Linken seinen eingegipsten Arm. Der Ärmel seines T-Shirts war abgeschnitten, es war ein weißes Teil mit einem aufgedruckten HSV-Emblem. Es betonte seine Bräune. Er sah gut aus, war etwas schmaler geworden, aber ansonsten ...

»Weißt du auch, wie das ist, wenn er dir gar nicht mehr zuhört, nur noch blöde grinst und dich wie einen Idioten behandelt, wie ... wie sonst was. Ach, was red ich? Du bist ja auch so.«

»He!«, fuhr Ulrike ihn an. »Was soll das? Warum machst du mich jetzt an?«

»Du hast mich doch auch nie groß beachtet, ich war dir egal, ich bin Luft für dich! Und Jan hat jedes Mal ... hat jedes Mal verhindert, dass ich mal 'ne Chance gehabt hätte. Hatte ich nie!« Er sprang auf, zappelte vor Ulrike herum. »Hatte ich nie! Nie, nie, nie!«

Es war irre. Es sah komisch aus.

Es war scheiß traurig.

Ulrike sah ihn an.

»Jetzt bin ich da«, sagte sie. Sie trat näher an ihn heran, machte Anstalten, ihn zu berühren.

Er zuckte zurück.

Wandte sich ab.

Er ging ans Fenster und starrte hinaus in den Garten.

Ulrike nagte an ihrer Lippe, blieb unschlüssig stehen. Schließlich zuckte sie mit den Achseln.

»Okay«, sagte sie. »Davon hab ich nichts mitgekriegt, sorry, tut mir leid. Du ... du bist nett, ja, du bist 'n lieber Typ, Torsten, aber ich hab nun mal andere Interessen. Das ist auch nicht immer easy, glaub mir.« Mehr konnte, mehr wollte sie dazu nicht sagen.

»Nett«, hörte sie von Torsten. »Nett.«

Sie reagierte nicht.

»Hannes hat sich nach dir erkundigt«, sagte sie noch. »Es gibt 'n Abschiedskonzert für ›Opa‹.«

4 Bonnie stürmte die Stahltreppe zu Karate-Kalles Altonaer Kraftsportstudio hinauf. Kalle kniete in der Halle neben einer Turnmatte auf dem blanken Boden. Auf der Matte lag Gitti. Zusammengekrümmt, wimmernd. Kalle hatte eine Wolldecke über sie gebreitet.

»Sie hat's bis zur Treppe geschafft, ist bewusstlos geworden. Hat viel Blut verloren«, sagte er. »Schenkel und Brüste geschlitzt. Gesicht siehst du ja, die Wange runter bis zum Hals.«

»Sie braucht 'n Arzt.«

»Ich brauch einen, der die Schnauze hält.«

Bonnie ging zum Telefon.

Der Hörer war blutverschmiert. Von Kalle, bei seinem Anruf an ihn. Gittis Blut. Bonnie wollte nicht sehen, was man ihr angetan hatte. Er konnte es sich vorstellen.

Bonnie wählte und gab eine knappe Anweisung.

Offenbar war es okay.

Bonnie ging zu Kalle zurück.

»Sie sagt, es waren zwei«, sagte Kalle. »Haben ihr am Spielplatz aufgelauert. Zwei Halbwüchsige.«

»Wir müssen nicht raten, wer dahintersteckt.«

»Müssen wir nicht«, bestätigte Kalle. Gittis Wimmern verstärkte sich. Er fasste ihre Hand. »Was schlägst du vor?«

5 Hinnerk musste in Anwesenheit seines Vorgesetzten das Schreiben der Kanzlei Schwan & Mewes, Hamburg, Am Wall, zur Kenntnis nehmen.

Hinnerk las, dass Ingo Puschner seinem Mentor und Jobgeber Helmut Kügel gestanden habe, eintausend DM von einer in bar erhaltenen Parteispende entnommen und unter falscher Identität dem Kinderhaus Grasweg habe zukommen lassen.

Er las, dass Ingo Puschner sich aufgrund seiner kurzfristigen Bekanntschaft mit der dort tot aufgefundenen Kirsten Poulsen verpflichtet gefühlt habe, das Kinderhaus für die im Verlauf der polizeilichen Ermittlungen entstandenen Unannehmlichkeiten zu entschädigen.

Unter einem anderen Namen aufzutreten, sei ihm sinnvoll erschienen, um als Mitarbeiter in Kügels Büro in der Öffentlichkeit nicht den Verdacht aufkommen zu lassen, der Kreisvorsitzende sei in irgendeiner Weise in den Fall involviert und müsse sich erklären.

Das habe auch Helmut Kügel so gesehen, der den eigenmächtigen Zugriff seines jungen Genossen auf die Spendengelder entschuldigt und die Aktion im Nachhinein auch selbst gebilligt habe.

Das Vertrauen, las Hinnerk, bestehe uneingeschränkt weiter. Er schob das Schreiben behutsam zu seinem Vorgesetzten zurück.

»Und?«, fragte der. »Hast du noch was anderes gegen ihn in der Hand?«

6 Am frühen Nachmittag begann ein NDR-Fernsehteam mit dem Einrichten für die abendliche Aufzeichnung des Rock-Circus-Konzerts mit Gästen. Kabel wurden verlegt, Markierungen geklebt. Lampen aufgestellt.

Der Tonmeister ließ die Mikros überprüfen, justierte die Regler.

Nico Böhm sprach mit dem Kameramann.

Es war ein freier Mitarbeiter, ein stämmiger Enddreißiger, der als Roadie gejobbt hatte und Musiker auf der Bühne zu filmen wusste. Er trug einen orangefarbenen Overall mit der Schrift »Ende Banane« auf dem Rücken.

Böhm schätzte ihn. Er hoffte, noch oft mit ihm zusammenarbeiten zu können, wenn er es geschafft hatte, in die Kulturredaktion des NDR-Fernsehens zu wechseln. Dann wären auch Reisen möglich, eine längere Abwesenheit von zu Hause. Wo es momentan nur noch nervig war. Schlechte Stimmung, Vorwürfe.

Böhm stimmte den Hinweisen seines Kameramanns zu und hakte einen weiteren Punkt auf seiner Dispo ab. Zündete sich eine Zigarette an.

Hielt Ausschau nach Ulrike.

Ulrike kochte in dem von Elvis zurzeit nicht genutzten Hinterzimmer Kaffee und füllte ihn in zwei große Thermoskannen mit Pumpfunktion. Sie stellte Zucker und H-Milch bereit und betrachtete dabei die gerahmten Fotos an der Wand, die Elvis mit Prominenten zeigte. Mit Peter Frankenfeld, Wim Thoelke und »Wienerwald«-Restaurantgründer Friedrich Jahn, mit Uschi Obermaier und Elke Best, mit dem »Prinz von Homburg«.

Die Aushilfe für den Tresen kam zu ihr herein.

Eine Neue.

Knallgrüne Igelfrisur, eine Sicherheitsnadel im Ohrläppchen, einen Ring in der Oberlippe. Sie war nicht sehr groß, die schwere Lederjacke reichte ihr bis zu den Knien. Ihre Netzstrumpfhose war an mehreren Stellen eingerissen.

Eine Punkerin.

Die neue Zeit, sagte sich Ulrike. Sie tippte sich grüßend an die Schläfe.

7 Torsten lag im Bett. Er verspürte keinerlei Lust, aufzustehen und sich anzukleiden. Er hatte sich in der Küche einen Tee gemacht und ihn zusammen mit einem Apfel mit nach oben in sein Zimmer genommen.

Das Zimmer war ihm fremd geworden.

An der Wand waren zwar noch seine Filmplakate gepinnt, James Dean und Elvis, und ein Plattencover mit John Lee Hooker, aber sein Schreibtisch war vom Fenster weg in die Ecke gerückt worden, das Hängeregal darüber mit irgendwelchen Reinigungsmitteln vollgestopft und das alte Schubladenschränkchen mit seinem Krimskrams, den Kugelschreibern und Muscheln, Büroklammern, Pflastern und Papiertaschentüchern, stand jetzt als Ablage neben dem Bett.

Torsten hatte seinen alten Plattenspieler angeschlossen und hörte Julie Driscoll mit Brian Auger an der Hammond-Orgel.

Julies Stimme berührte ihn tief, Brians kräftiger Anschlag. Verdammt! Er schlug mit der unverletzten Hand auf die Bettdecke, warf sich zurück in die Kissen.

Er schniefte.

Julie Driscoll sang: »You know that it would be untrue, you know that I would be a liar ...«

Torsten richtete sich wieder auf und zog an der obersten Schublade. Sie klemmte.

Torsten sah die angebrochene Tempo-Packung, kam aber durch den schmalen Spalt nicht an sie heran. Er zerrte heftiger an der Lade.

Vergebens. Er verfluchte, nur eine Hand benutzen zu können. Er stieg aus dem Bett, schlug die Schublade ganz zu und zog sie dann mit einem kräftigen Ruck heraus, erfolgreich heraus.

Geklemmt hatte ein schmales, dünnes Heft.

Torsten schlug es auf.

Die ersten Seiten waren mit großen Ziffern beschrieben: 045 9733 358 – 0461 5216 – 491 16 16.

Telefonnummern. Keine Frage. Eine dänische Vorwahl?

Torsten blätterte weiter.

In der Mitte des Hefts steckten zwei Fünfziger, drei Zwanziger und fünf Zehn-DM-Scheine. In ungelenker Schrift stand dort: »Mine selvforrentede penge.«

8 »Tonprobe.«

Die Band spielte die ersten Takte vom fünften Titel der Setliste, »Hello Highway«.

Hannes riss den Arm hoch.

Das NDR-Team applaudierte.

»Danke, danke, ist gut ... Danke. – Das war Ulli an der Fender, Herbert am Bass, Ecki blies das Horn, und Dicky an den Drums gab uns Feuer. – Und heute zum letzten Mal live im ›Chikago‹ unser Mann mit dem Seehundbart – unser ›Opa‹, the best!«

»Okay, okay!« rief Nico. »Das wäre dann der Schwenk auf den Neuen.«

»Nee«, sagte Hannes. »Da kommt erst mal nichts.«

Nico war irritiert.

»Nein?« Er sah sich nach Ulrike um. Entdeckte sie hinterm Tresen. »Ulrike – du hast doch mit Torsten gesprochen. Was ist denn nun?«

9 Franziska blickte Torsten missbilligend entgegen. Er trug nur seine Unterwäsche. Sein Haar war verklebt, er hatte sich zweifelsfrei heute noch nicht gewaschen.

»Hast du Schmerzen?«, fragte sie.

»Wer hat in meinem Zimmer gewohnt?«

»Gewohnt?« Sie legte Prospekte und Bankunterlagen beiseite. »Ich bitte dich!«

»Ja, bitte! Wer?!«

»Torsten …«

»Ich bin nicht blind! Ich weiß doch noch, wie's vorher ausgesehen hat. Wer hat da gepennt?«

»Niemand.«

Torsten baute sich vor ihr auf.

»Niemand lässt über zweihundert Mark zurück – ›mein selbst Verdientes‹ oder so auf Deutsch. Soweit mich mein Feriendänisch nicht täuscht.« Er hielt ihr das schmale Heft hin. »Von wem ist das?«

Franziska lehnte sich zurück, schlug die Beine übereinander und griff nach ihren Zigaretten.

Sie ließ sich Zeit. Inhalierte tief, schloss die Augen, öffnete sie wieder.

»Also gut«, sagte sie dann. »Ich hatte kurzfristig eine Haushilfe.«

»Eine Dänin?«

»Eine Dänin. Sie ist kurz nach den Weihnachtstagen wieder gegangen.«

»Und lässt ihr Geld in der Schublade liegen. – Ma! Erzähl mir nicht so einen Stuss!« Er nahm sich auch eine Zigarette, Franziska gab ihm Feuer.

Er setzte sich zu ihr an den Tisch.

Franziska trommelte nervös auf die Tischplatte.

Torsten sah sie unentwegt an.

Franziska atmete tief durch.

»Sie ist verunglückt«, sagte sie dann. »Kirsten. Sie war mir empfohlen worden, und sie war auch ... sie war sehr angenehm. Höflich, fleißig. Ein anständiges Mädchen. Aber manchmal war sie total hektisch und ... und handelte überstürzt. Als damals der erste Schnee gefallen war, ist sie frühmorgens gleich raus und ... mein Gott, sie ist unglücklich gestürzt. Sie ist draußen auf der Treppe ausgerutscht und hat ... es war ein Unfall, Torsten! Ein schlimmer Unfall. Es war ihr nicht mehr zu helfen. Dein Vater war aus dem Haus, du warst aus dem Haus ...«

»Jaja – und was dann?«, fragte Torsten. »Was dann?«

Franziska wich seinem Blick aus.

»Was hast du dann getan, Ma? Mit einer Toten? Ich will es wissen.«

»Warum?« Franziska seufzte. »Warum denn? Thorsten, warum? Ich wusste doch nichts weiter von ihr. Ich hab sie beschäftigt, sie hat in meinen Haus gearbeitet – ohne Papiere, ohne sonst irgendwas Vorzeigbares. Illegal, ich hab sie illegal beschäftigt, das ist strafbar. Ich bin Unternehmerin, ich steh in der Öffentlichkeit, was sollte ich denn machen ...?«

»Sag jetzt bloß nicht ...«

»Ich hab mir Hilfe geholt!«, unterbrach sie mit lauter Stimme. »Hilfe von Leuten, die mir verpflichtet sind. Die haben sie weggeschafft. Ja, weggeschafft, und das ist auch so in Ordnung, wenn sonst niemand da ist. Selbst der eigene Sohn nicht!« Sie schlug mit der flachen Hand auf den Tisch. »Ja, Herrgott noch mal! Reist herum und spielt den Abenteurer!«

Torsten sah sie mit offenem Mund an, fassungslos.

»Weggeschafft, einfach so?! Weil ich den Abenteurer spiele?!« Er sprang auf, riss demonstrativ den eingegipsten Arm hoch. »ICH spiele das, ja? Ich spiele den Abenteurer?! Mit einem ständig bekifften und einem ... Scheiß drauf! Du ... du bist ...« Sein Blick fiel auf den Flügel, auf die Flaschenbatterie. Mit einem Satz war er am Kamin, riss den Schürhaken aus der Halterung und schlug damit auf die Flaschen ein, zertrümmerte sie. Er schrie: »ein Spiel, ein Spiel, ein Spiel, alles nur ein Spiel« und bearbeitete dabei mit aller ihm verbliebenen Kraft den Steinway, den Deckel, die Saiten, die Tasten. Zerstörte den Flügel.

10 Das »Chikago« war rappelvoll. Rauchschwaden hingen über den Köpfen der Besucher, über Köpfen mit schulterlangen Haaren, über aufgetürmten und gelockten Haaren. Bärtige Gesichter, Nickelbrillen. Glühende Zigaretten, glimmende Joints.

»Chikago, Chikago!«

Getränke wurden geordert.

Ulrike stand neben dem Tresen und reichte die gefüllten Gläser weiter.

An der Tür ließ Bonnie die letzten drei, vier Personen ein. Peter war dabei. Ulrike winkte ihn heran und begrüßte ihn mit einem freudigen Lächeln.

Bonnie wartete vor der jetzt geschlossenen Tür. Er sah auf die Uhr. Zündete sich eine Zigarette an. Machte ein paar Schritte.

11 Torsten stürmte aus dem Haus. Er lief durch den Hayns Park zur Alten Alster runter, die Schwäne waren noch in ihrem Winterquartier. Der Weg am Wasser entlang war aufgeweicht, von den Bäumen fielen noch vereinzelt Tropfen.

Auf der Brücke hielt Torsten schon nach einem Taxi Ausschau.

12 Helmut Kügel sah sich kopfschüttelnd in dem Wohnraum um.

»Was ist passiert?«, fragte er.

Franziska zündete sich die wer-weiß-wievielte Zigarette an.

»Sein Zimmer!«, sagte sie. »Der Junge hat entdeckt, dass das Mädchen da untergebracht war.« Sie nahm einen Zug und klopfte sofort den kaum vorhandenen Aschekegel ab. »Im Nachhinein kann ich nur sagen, besten Dank – besten Dank auch für das, was du mir damit eingebrockt hast.«

»Ich dir?!« Kügel sah sie überrascht an.

»Natürlich! Dein ›Hase‹ ist doch nicht aus eigenem Antrieb mit der Kleinen bei mir aufgetaucht. Das war deine Idee. Du hast ihn zu mir geschickt. Das wird er letztlich auch zugeben.«

Kügel riss sich wieder zusammen. Er schüttelte den Kopf.

»Ich habe den jungen Genossen aus der Schusslinie gebracht. Da kommt nichts mehr nach. Das hat sich erledigt. – Also bitte, beruhig dich.« Er sah sich in dem Scherbenhaufen nach einer unversehrten Flasche um. Er entdeckte keine.

Kügel gab sich einen Ruck. Er trat dicht zu Franziska heran, nahm sie in den Arm.

»Es ist gut«, sagte er Wange an Wange. »Es ist alles, wie es unter den Umständen nicht besser sein könnte. Lass uns den Abend genießen, ich ruf im ›Jacobs‹ an, mit Blick auf unsere Elbe …«

13 Der Platz hinter dem Büro des Hessen war mit Kopfsteinen gepflastert. Er war durch eine Batterie Mülltonnen und Gebüsch vom Nachbargrundstück abgetrennt. Hin und wieder kamen eine oder auch zwei in den Peepshows tätige Frauen auf den Hof, in Jacken oder Parkas gehüllt, rauchten eine, warfen was ein, verfluchten den scheiß Job, aber immer noch besser, als sich hinter der Fleischtheke bei Edeka von irgendwelchen Kunden anscheißen zu lassen: Ein Viertel, bitte schön, nur ein Viertel, und exakt, wenn ich bitten darf!

Zum sehnsuchtsvollen Sound von Hannes »singender« Gitarre betrat ein junger Schlacks die Bühne und stellte sich ans Mikro.

Böhm gab dem Kameramann ein Zeichen. Der Beleuchter hatte den Jungen schon im Lichtkegel. Es war ein mit Jeans und weißem geripptem Unterhemd bekleideter Typ. Er trug ausgelatschte Tennisschuhe und konnte nicht älter als zwanzig sein. Seine Stimme war kräftig. Ein tiefes Wissen, eine eigene Erfahrung schwang in ihr mit: »Let's pretend we're lovers, there's no time to lose, soon's gonna drift me out of town …«

Es wurde still …

Sie war ihm schon in Hamburg beim Einchecken nach Frankfurt aufgefallen: eine schlanke Brünette, Kurzhaarschnitt und dezent geschminkt, die Augen leicht verschattet.

Im Flieger nach New York hatten sie Plätze nebeneinander, sie saß am Fenster.

Er stellte sich namentlich vor.

Sie nickte und nannte ebenfalls ihren Namen.

Sie kamen ins Gespräch ...

»... so my journey's just a ride with an open end ...«

Karate-Kalle drückte sich neben der Tür flach an die Wand. Bonnie klingelte. Er machte einen Schritt zurück, wartet. Der Hesse öffnete die Tür.

»Bonnie? Hast du Gary Glitter mitgebracht? Zum Aufheizen?« Er lachte sein albernes Lachen.

»Gary hat abgesagt.«

Kalle schnellte vor. Er rammte dem Hessen ein Stilett bis zum Heft in den Wanst. Der Hesse riss den Mund zu einem Schrei auf. Er taumelte, suchte Halt.

»Du mieser Wichser!«, rief Bonnie. »Du willst mich ficken?! Du schickst mir scheiß blutige Grüße?!« Er richtete seinen Revolver auf ihn, schoss ihm ins Gesicht, in den Kopf. Einmal. Zweimal.

»... bleiben Sie in New York?«, fragte sie.

»Ich habe einen direkten Anschluss nach Phoenix«, sagte er. »Ich besuche meine Tochter. Eine Überraschung. Sie lebt auf der Ranch meiner Schwiegereltern. – Ist Ihr Ziel New York?«

Sie verneinte.

»Ich bleibe nur eine Nacht. Ich will dann weiter nach Jamaika. Es ist etwas kompliziert.«

»Gab es keinen Direktflug?«

»Erst nächste Woche von London aus. Ich musste mich schnell entscheiden.«

»Darf ich fragen …?«

»Mein Sohn. Ich sorge mich um meinen Sohn. Er ist auf Jamaika geblieben …«

»… so please don't cry, it's gonna be a place we found.«

Das Taxi bog auf die Reeperbahn ein, fuhr vorbei an Spielhallen und Peepshows, an den Kneipen, am »Lehmitz«, am »Café Keese« und an der »Heißen Ecke«, wo die Bratwurstgrillerin ihre derben Sprüche in die Nacht trompetete. Gleich gegenüber der Kiosk mit überregionaler Presse, mit Roth-Händle und Rum. Die Klönschnack-Bude.

Torsten saß im Fond des Wagens, das Seitenfenster eine Handbreit heruntergekurbelt.

Er sah an den Gebäuden hoch, sah die Lichter, die gelb-grün-blau-roten Leuchtreklamen, die große Coca-Cola-Werbung. Einzeln und in kleinen und auch größeren Gruppen zogen die Menschen vorbei, junge und ältere Frauen und Männer, leichtfüßig oder auch mit schleppendem Gang, lachend und rufend, heiß und Hacke breit. Und zu dem Glitzern und Blinken verspürte Torsten mit einem Mal einen Rhythmus in sich, einen rockigen Sound aus früheren Tagen, »Musik nach der Schule«, der NDR und was da alles war an Freude und Neugier … and we're rolling, rolling, rolling on the river, listen to the story … er schlug auf dem Knie den Takt, fühlte sich plötzlich irgendwie befreit.

Das Taxi machte vor der »Großen Freiheit« eine Kehre und fuhr ein Stück zurück bis auf die Höhe vom »Chikago«.

Sie standen neben dem Eingang der Musikkneipe. Peter lehnte an dem Zigarettenautomaten, eine Flasche Bier in der einen, die Zigarette in der anderen Hand. Er stieß mit Ulrike an.

»Schön, dich zu sehen«, sagte sie.

»Hat mich echt Überwindung gekostet«, sagte er. »Du wirst ja inzwischen schon alles gehört haben.«

Ulrike zuckte die Achseln.

»Torsten hat sich auf Jan eingeschossen«, sagte sie. »Der ist ziemlich daneben. Ich war bei ihm, um ihm zu sagen, dass Hannes mit ihm reden wollte, aber da hat er schon nicht mehr hingehört.«

»Ich würd gern ... na ja, sollen wir mal in Ruhe ein Bier trinken? Und über alles quatschen?« Er nickte vom »Chikago« weg nach irgendwohin.

»Klar«, sagte Ulrike. »Machen wir. Kennst du das ›Hinkelstein‹?«

Bonnie und Karate-Kalle blieben unter den vorm »Chikago« in kleinen Gruppen zusammenstehenden Gästen in Deckung.

Sie warteten.

Ein Angel bretterte auf den Platz. Er bockte seine Maschine auf.

Bonnie und Kalle verständigten sich mit einem schnellen Blick. Sie warteten, bis der Angel in den Laden gestiefelte war. Dann handelten sie.

Niemand bekam es mit.

Niemand sah, wie der Revolver und das Messer in der Satteltasche der Harley verschwanden.
Ulrike und Peter standen noch zusammen, als Bonnie allein herangeschlendert kam, lässig diesen und jenen grüßte und sich eine Kippe anzündete.

Ulrike schien ihn nicht wahrzunehmen.

»Also dann«, sagte sie zu Peter. »Morgen Abend, so um neun?«

Peter sah sich von Bonnie gemustert. Er räusperte sich.

»Und er? Was ist mit ihm? Krieg ich dann gleich auf die Fresse?«

Ulrike drehte sich kurz zu Bonnie um, wandte sich dann wieder Peter zu. Lächelte ihn an.

»Das ist vorbei«, sagte sie. »Aus, Ende.«

Sie griff nach seiner Hand und zog ihn mit ins »Chikago«.

... I was worrying ’bout the way things might’ve been ... Torsten stand am Straßenrand, sah Ulrike mit Peter ins »Chikago« gehen und nach und nach auch alle anderen, die draußen gewesen waren, in der Pause vor dem nächsten Set ... Okay, es war, wie es war ... Proud Mary keep on burning, and we’re rolling, rolling, rolling on the river ... Torsten wartete noch einen Moment, bevor auch er sich in Bewegung setzte, zehn, fünfzehn, zwanzig Schritte bis zum »Chikago«, aufrecht und eigentlich ganz klar im Kopf ... rolling, rolling on the river ... und es kam ihm vor, als trete er in ein neues Leben.

DER SOUNDTRACK

Public Image Ltd.	Chant
Gerry Mulligan	Lullaby of the Leaves
Hardin & York	Lady Madonna/ Norwegian Wood
Rock Circus Chikago	I'm Ready
Jimmy Cliff	The Harder They Come
Peter Tosh	Steppin' Razor
Steppenwolf	Born to Be Wild
ABBA	Dancing Queen
Lucio Battisti	Ancora tu
Pink Floyd	Dark Side of the Moon
Peter Baumann	Romance
Manitas de Plata	Flamenco Magic
The Melodians	Rivers of Babylon
Michael Holm	Tränen lügen nicht
Rolling Stones	Brown Sugar
Benny Goodman Quartett	Moonglow
Rock Circus Chikago	Chikago Rock
Eric Burdon	Tobacco Road
The Slickers	Johnny Too Bad
Jutta Weinhold	Do It
Cat Stevens	Morning Has Broken
Village People	YMCA
J. J. Cale	Cocaine
Bob Marley and the Wailers	Duppy Conqueror
Sly & Robbie	Disco Dub
Peter Tosh	Legalize It
Rock Circus Chikago	Shakin' All Over

The Maytals	Pressure Drop
Holger Czukay	Movies
The Clash	London Calling
Neil Young	Like a Hurricane
Bob Marley	Get Up, Stand Up
Julie Driscoll, Brian Auger & Trinity	Light My Fire
Rock Circus Chikago	Hello Highway
Marius West	Celebration
Creedence Clearwater Revival	Proud Mary

Sie finden den Soundtrack des Buches als Playlist auf Spotify unter: tinyurl.com/harter-fall

FRANK GÖHRE

Die Stadt, das Geld und der Tod

Kriminalroman. Paperback. CulturBooks Verlag 2021.
168 Seiten. 15,00 Euro. ISBN 978-3-95988-184-5

Hamburg, im ersten Jahrzehnt des neuen Jahrtausends. In einem Park in Eimsbüttel wird die Leiche eines 16-jährigen Schülers entdeckt. Er ist an einer hohen Dosis Amphetamine gestorben. Sein Vater Ivo kommt wenige Tage später aus dem Knast – und möchte herausfinden, was hinter dem Tod seines Sohnes steckt.

In kurzen schnellen Szenen entwirft der Meister des deutschsprachigen Noir ein großes Panorama der dunklen Seiten Hamburgs, hart und erbarmungslos. Von den Vorstadtvillen und bürgerlichen Stadtteilen über den Hafen bis ins tiefste Milieu, von Grenzen überschreitender Lust bis zu kaltblütigen Morden. Das schnelle Geld dunkler Geschäfte trifft das alte Geld hanseatischer Kaufmannsfamilien. Und mittendrin zwei Freunde, um die ein Imperium zerfällt.

Drei Monate in Folge auf der Krimibestenliste

»Schnell und hart: Altmeister Frank Göhre zeigt sich in brillanter Form und demonstriert mit ›Die Stadt, das Geld und der Tod‹ virtuos, wie Noir auf Deutsch gehen kann.« Hanspeter Eggenberger, Tages-Anzeiger

**»Ein großer Wurf auf 168 Seiten.«
Thomas Wörtche, Deutschlandfunk Kultur**

CulturBooks Verlag

FRANK GÖHRE

Verdammte Liebe Amsterdam

Kriminalroman. Paperback. CulturBooks Verlag 2020.
168 Seiten. 15,00 Euro. ISBN 978-3-95988-147-0

Ein Toter auf einem Autobahnrastplatz, eine verschwundene Fünfzehnjährige, korrupte Polizisten – und mittendrin ein Mann, der wissen will, warum sein Bruder sterben musste. In seinem mehrfach preisgekröntem Roman zeigt sich der Meister des deutschen Noir auf der Höhe seines Könnens. Ein rasantes Roadmovie zwischen Hamburg, Köln und Amsterdam.

Der Hamburger Restaurantbetreiber Schorsch Köster bekommt einen Anruf. Sein Bruder Michael wurde tot auf einem Autobahnrastplatz gefunden, erschlagen und vollständig ausgeraubt. Von dem Täter fehlt jede Spur. Schorsch begibt sich auf Spurensuche und muss erkennen, kaum etwas von Michael und dessen Leben gewusst zu haben. Und was hat Michaels Tod mit einer verschwundenen Fünfzehnjährigen zu tun, die von Zuhause ausgerissen ist? Seine Recherchen führen Schorsch von Hamburg über Köln ins Rotlichtmilieu von Amsterdam. Mitten hinein in die Abgründe von Familiengeschichten, auch die der eigenen.

Stuttgarter Krimipreis, Hauptpreis 2021
Deutscher Krimipreis 2020, Platz 3 National

»Göhre schreibt Kino – Zeitreisen, Liebe, Schmerz und Erlösung inbegriffen.« Friedrich Ani

CulturBooks Verlag

FRANK GÖHRE & ALF MAYER

King of Cool.
Die Elmore-Leonard-Story

Paperback. CulturBooks Verlag 2019.
240 Seiten. 15,00 Euro. ISBN 978-3-95988-104-3

Ein lustvoller Ausflug in die Krimi- und Filmgeschichte, ein spannendes Lesebuch, eine packende Werkschau und ein assoziativer Lebensroman über einen Autor, der für die New York Times der »vielleicht beste Krimiautor aller Zeiten« war.

Elmore Leonard hat 44 Romane und zahlreiche Drehbücher geschrieben. Für die TV-Serie »Justified« lieferte er die Vorlage, und viele seiner Bücher wurden verfilmt (»Schnappt Shorty«, »Out of Sight« oder »Jackie Brown«).

Göhre und Mayer erzählen von Leonards Anfangsjahren in einer Werbeagentur und seinem Aufstieg zu einem der bestbezahlten Krimi- und Drehbuchautoren. Sie berichten von Dreharbeiten, lassen Zeitzeugen zu Wort kommen und beleuchten in Zitaten, Anekdoten und Nacherzählungen die Romane, Filme und das Leben des Kultautors. Arrangiert wie eine große und vergnügliche Jamsession. Als Leseabenteuer. Als Lebensroman. Die Elmore-Leonard-Story.

»Ein flirrendes Fest für den Leser.«
Andreas Ammer, BR2

CulturBooks Verlag

FRANK GÖHRE & ALF MAYER

Cops in the City.
Ed McBain und das 87. Polizeirevier

Ein Report. Paperback. CulturBooks Verlag 2016.
292 Seiten. 17,90 Euro. ISBN 978-3-95988-017-6

Ed McBain wurde 1926 als Salvatore Albert Lombino in New York geboren. Er schrieb das Drehbuch für Alfred Hitchcocks »Die Vögel« und veröffentlichte ab 1956 fünf Jahrzehnte lang insgesamt 55 Romane über das 87. US-Polizeirevier in einem scheinbar fiktiven, dennoch sehr realen New York.

Ein groß angelegtes, vielschichtiges amerikanisches Sittenbild, das an die Projekte von Honoré de Balzac und Émile Zola erinnert.

Frank Göhre & Alf Mayer inszenieren ihren rasanten Trip durch fünf Jahrzehnte auf den Spuren der Detectives vom 87. Revier als ein großes Lesevergnügen. Sie stellen die Ermittler und ihre Fälle vor, zeigen die Veränderung einer Stadt und ihrer Kriminalität auf, beleuchten Ed McBains Arbeiten für Film und Fernsehen, und sein unermüdliches Schaffen.

»Gute Unterhaltung.« FAZ

CulturBooks Verlag